IMAGINETRIUM
MATERIALIZANDO SONHOS

Andrey Gaio Lima
Daniel Jahchan

IMAGINETRIUM
MATERIALIZANDO SONHOS

ilustrações de Rafael Pen

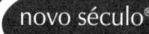

São Paulo, 2018

Imaginetrium: materializando sonhos
Copyright © 2018 by Andrey Gaio Lima e Daniel Jahchan
Copyright © 2018 by Novo Século Editora Ltda.

COORDENAÇÃO EDITORIAL: Nair Ferraz
PREPARAÇÃO: Alessandra Miranda de Sá
REVISÃO: Luiz Pereira | Equipe Novo Século
CAPA E PROJETO GRÁFICO: Nair Ferraz
ILUSTRAÇÕES DE CAPA E MIOLO: Rafael Pen

EDITORIAL
João Paulo Putini • Nair Ferraz • Rebeca Lacerda
Renata de Mello do Vale • Talita Wakasugui • Vitor Donofrio

AQUISIÇÕES
Renata de Mello do Vale

Texto de acordo com as normas do Novo Acordo Ortográfico da
Língua Portuguesa (1990), em vigor desde 1º de janeiro de 2009.

Dados Internacionais de Catalogação na Publicação (CIP)

Lima, Andrey Gaio
Imaginetrium: materializando sonhos / Andrey Gaio Lima,
Daniel Jahchan; [ilustrações de Rafael Pen]. --
Barueri, SP: Novo Século Editora, 2018.

1. Literatura infantojuvenil I. Título II. Jahchan, Daniel III. Pen, Rafael

18-0193   CDD-028.5

Índice para catálogo sistemático:
1. Literatura infantojuvenil 028.5

NOVO SÉCULO EDITORA LTDA.
Alameda Araguaia, 2190 – Bloco A – 11º andar – Conjunto 1111
CEP 06455-000 – Alphaville Industrial, Barueri – SP – Brasil
Tel.: (11) 3699-7107 | Fax: (11) 3699-7323
www.gruponovoseculo.com.br | atendimento@novoseculo.com.br

novo sécul

Para Gabriela e Amanda,
por nos apresentarem o Mundo dos Sonhos.

Agradecimentos

Gostaríamos de agradecer a toda à equipe da Editora Novo Século, por ter acreditado e apostado no nosso projeto. Agradecemos também aos inscritos do canal Batima Animes, que agitaram nas redes sociais da editora, pedindo pela publicação deste livro, sem vocês nada disso seria possível.

Nota ao leitor

Imaginetrium é um mundo onde o sonho é poder. Isso mesmo, as viagens que você faz enquanto dorme são muito valiosas nesse mundo. Não à toa, Imaginetrium é conhecido como o Mundo dos Sonhos, e o sonho é a principal moeda nesse universo fantástico.

Um terráqueo poderia se acostumar facilmente à vida em Imaginetrium; muitos dos elementos terráqueos estão lá presentes. A raça que reina em Imaginetrium é muito similar à raça humana. Talvez a única diferença gritante entre esses dois mundos estivesse na tecnologia; o Mundo dos Sonhos é muito mais evoluído do que o planeta terráqueo. Ao imaginar a Terra no futuro, provavelmente você terá algo próximo da realidade de Imaginetrium.

Isso é pouco, mas, por ora, é o suficiente para que você possa imaginá-lo.

Um

ANTHONY

Anthony acordou empolgado naquela manhã. Ele não podia dizer que gostava de ir à escola, mas também não podia dizer que odiava, afinal, foi na escola que Anthony conheceu seu melhor amigo, Edgard. Eles se conheceram quando tinham apenas seis anos, e depois disso nunca mais se separaram. Faziam praticamente tudo juntos. Naquela manhã, a empolgação de Anthony tinha uma boa justificativa: Edgard estava completando treze anos.

Completar treze anos era algo incrível para as crianças de Imaginetrium. Todos diziam que era nessa idade que as grandes coisas aconteciam. Os maiores sonhos nasciam aos treze. Era fácil compreender o motivo de aquela idade ser tão simbólica no Mundo dos Sonhos.

Mas o principal de tudo era: ao completar treze anos, todas as crianças tinham o direito de fazer um pedido especial aos pais.

Edgard havia dito a Anthony que só iria revelar o seu desejo no dia de seu aniversário. Os garotos não escondiam nada um do outro, mas, daquela vez, Edgard tinha optado por deixar o amigo curioso. Era por isso que Anthony estava tão empolgado naquela manhã e mal dormira à noite; ficou a madrugada toda especulando qual seria o grande desejo. Finalmente estava chegando a hora de saber.

Anthony se aprontou para a escola às pressas, pegou o presente de Edgard (um boneco de acrílico do Super Timothy, maior astro teen de Imaginetrium) e desceu a escada correndo para tomar café. Quando chegou à cozinha, viu que a comida já estava na mesa e a mãe já esperava por ele.

– Uau! – exclamou o menino, surpreso. A mãe já havia fritado ovos e bacon para o filho. – Você já preparou tudo... Eu acordei atrasado?

– Não, Tony. – Apenas a mãe e Edgard o chamavam assim. – É que acordei muito cedo... Precisava fazer algo pra me distrair, por isso não te esperei para cozinhar, me desculpe.

– Tudo bem, mãe. – Anthony forçou um sorriso; pelas olheiras da mãe, estava claro que ela não havia dormido nada. – Parece que você se saiu bem! Tá tudo com uma cara ótima! – sentou-se e preparou um sanduíche com ovos e bacon.

– Hoje é aniversário do Edgard, não é? – A mãe apenas encheu uma xícara com café.

– É! – respondeu o filho, claramente empolgado. – Acho que vamos até a cobertura hoje.

– Aproveitem o dia, nós só completamos treze anos uma vez... – A mãe forçou um sorriso; estava exausta, mas, ainda assim, se esforçava para ser gentil.

A mãe de Anthony trabalhava no BCI, o Banco Central de Imaginetrium, administrado pelo governo local. Para se tornar funcionário, era necessário passar por diversos testes. O processo era muito difícil, e o trabalho, exaustivo, embora muito valorizado por toda a população adulta local.

No último século o BCI assumiu o papel de "salvador" da população de Imaginetrium. O mundo todo estava em profunda crise financeira, muitos cidadãos morriam de fome e, se não fosse pelo banco, a crise estaria ainda pior. A solução do BCI foi prática. Agora quem controlava a moeda era o banco, ele distribuía o dinheiro de maneira equivalente entre todas as famílias do Mundo dos Sonhos. Mas pensar que, por receberem o mesmo valor do banco, todos eram iguais era muito errado.

O BCI podia dar o mesmo valor a todas as famílias, no entanto, ele não administrava o dinheiro por elas. Cada um sabia o que fazia com o dinheiro recebido. Cada um tinha suas prioridades. Alguns faziam investimentos, economizavam por anos, e outros simplesmente gastavam tudo o que recebiam, pois tinham a certeza de que receberiam o mesmo valor no próximo mês.

Era correto dizer que todos os cidadãos de Imaginetrium tinham condições de serem iguais, financeiramente

falando. E, se todos administrassem o dinheiro da mesma maneira, de fato seriam.

Fran, a mãe de Anthony, administrava muito bem todas as coisas em casa. O pai de Anthony havia partido quando ele tinha apenas dois anos, mas isso nunca foi um problema para a família. Fran nunca deixou que nada faltasse ao filho, e sempre dava um jeito de passarem um tempo juntos. Anthony sempre fora sua prioridade. Mas o trabalho exigia muito de Fran, que naquele exato momento estava quase dormindo sobre a xícara de café quente.

– Mãe, eu vou indo... – Depois de comer, Anthony foi até a mãe e beijou-lhe a testa. – Descanse um pouco, acho que você ainda tem mais uma hora até sair para o trabalho...

– Obrigado, filho. – Fran esboçou um amável sorriso e foi se levantando da mesa. – Ajude Edgard a ter um dia inesquecível.

Anthony sorriu e saiu da casa. A escola ficava a cerca de trezentos metros, era muito perto.

Qualquer terráqueo que andasse pelas ruas de Imaginetrium sentiria como se estivesse no futuro. Os carros mais pareciam pequenas aeronaves coloridas e flutuavam acima do chão, por isso eram chamados de aeromóveis. Prédios gigantes se estendiam até quase arranhar os céus. Alguns desses prédios tinham grandes telas fixas em seu exterior, então quem andasse pelas ruas veria diversas propagandas passando. Era um bombardeio de informação. Adolescentes andavam

pelas ruas sobre skates flutuantes ou em patins a jato (que alcançavam quase trinta quilômetros por hora). Muitos tinham cabelos coloridos com cortes excêntricos, raspados em algumas partes – aquela era a moda. Anthony ia para a escola caminhando, e seu cabelo era cortado em um estilo que os terráqueos chamavam de "corte tigela". Estava longe de ser descolado, mas não se importava com isso.

Anthony chegou à escola segurando o boneco do Super Timothy atrás das costas. Ele estava ansioso para dar o presente a Edgard, mas queria deixar o amigo o mais curioso possível. Porém, após dar poucos passos escola adentro, Anthony foi recebido com um empurrão. Pego de surpresa, o garoto caiu sentado no chão. Não precisava olhar, já sabia quem era seu agressor.

Infelizmente, em qualquer mundo, sempre vai haver aqueles que são maus simplesmente por acharem que isso é legal.

– Fala, bichinha. – O nome do agressor era John, ele tinha quinze anos e era um babaca. – Esqueceu o presente do seu namorado?

E foi só quando John falou do presente de Edgard que Anthony percebeu que o boneco não estava mais em suas mãos. Ele ignorou John por completo e começou a olhar à sua volta, desesperado, para encontrar apenas os restos do acrílico quebrado espalhados pelo chão. Anthony não gostava de violência; ele sempre ignorava as provocações de John e de seus amigos, mas, naquele momento, não conseguiu se controlar.

Anthony fechou os punhos, seus lábios tremiam e ele encarava John com raiva. John não fazia ideia de onde estava se metendo e continuou a provocar:

— Seus lábios estão tremendo, bichinha... — John simulou um bico e zombou com um tom de voz choroso: — Vai chorar, bebê?

— Você vai pagar...

John riu do comentário, mas ele ia mesmo sofrer as consequências. Quando Tony se levantou e já ia em direção ao valentão, alguém o segurou, salvando a pele de John.

— Me solta! — quando Anthony foi puxar o braço para se soltar, ele notou que era Edgard quem o segurava e, por isso, relaxou.

— Não vamos perder tempo, Tony... — Edgard puxou o amigo para longe da confusão; assim como Anthony, ele não gostava de encrencas.

Mesmo quando os dois garotos se afastaram da confusão, John continuou a gritar insultos:

— Eu achei que ele ia ter coragem de fazer algo... — John falava alto o suficiente para todos no corredor ouvirem. — Pena que o namorado segurou as rédeas...

Algumas pessoas fazem coisas más quando estão em momentos delicados da vida e acabam agindo sem pensar se vão machucar alguém, mas outras sentem prazer verdadeiro em ver a dor e a humilhação dos outros. John era uma dessas pessoas. A essência dele era ruim.

Ele simplesmente gostava de colocar todos para baixo, pois assim se sentia por cima. Um dia ele ia se arrepender por tudo o que fez com Anthony, mas seria tarde demais.

Anthony sentia vontade de chorar, se sentia fraco, e, na verdade, ele sabia que era fraco. Por meses havia juntado dinheiro para comprar o presente de Edgard. John tinha destruído, em um empurrão, meses de economia. E como Anthony havia reagido? Ficando quieto e segurando o choro. Às vezes ele não acreditava em quão idiota era.

— O que houve, Tony? — perguntou Edgard ao chegarem à sala de aula, que em nada remetia às salas das escolas terráqueas. Todas as carteiras ali eram projetadas para duplas. Os jovens de Imaginetrium aprendiam desde cedo a valorizar o trabalho em equipe. Onde normalmente ficariam as lousas terráqueas, encontrava-se uma tela negra que, além de sensível ao toque, era capaz de projetar imagens 3D. O mais incrível era que os professores e alunos podiam interagir com as imagens com as mãos, como quisessem, usando apenas uma luva que transformava, em milésimos de segundo, os movimentos humanos em códigos para a linguagem da tela. Sendo assim, a tela era capaz de ler os códigos, entender os movimentos e, com isso, mover uma imagem criada por ela conforme a interação das pessoas. — Como foi que ele te tirou do sério tão fácil?

Edgard era diferente de Tony. Anthony não entendia como eram amigos. Edgard também era quieto, mas era

seguro, não se desesperava facilmente e ninguém mexia com ele. Não tinha o mesmo semblante frágil de Tony, apesar de ter um coração tão bom quanto o do amigo.

– Ele quebrou o presente que comprei pra você, Ed... – Tony abriu a palma da mão e mostrou o boneco do Super Timothy despedaçado. – Juntei por meses pra comprar isso...

Edgard nunca deixava de se surpreender com as atitudes de Tony. Ele imaginava como devia ter sido difícil juntar dinheiro para comprar aquele boneco, qualquer coisa do Super Timothy era cara.

– Por que não me mostra como o boneco era? – perguntou Edgard.

– Você sabe que não podemos...

– Ainda faltam dez minutos pra começar a aula, ninguém vai ver, Tony... – instigou. – Eu quero ver como era.

– Tudo bem... – Anthony acabou cedendo.

Anthony esticou a palma da mão, fechou os olhos e começou a pensar no boneco do Super Timothy; pensava em como era o brinquedo antes de estar quebrado. Ele desejava com todas as forças ter o boneco inteiro novamente, e a magia estava no desejo. Aquilo consumia bastante energia; a cada instante, a respiração de Anthony ficava mais e mais ofegante. Em segundos, como em um truque de mágica, o boneco se materializou na palma da mão de Tony, novo em folha.

Edgard pegou o boneco da mão do amigo e ficou maravilhado com a beleza do brinquedo.

– Que lindo, Tony... Deve ter custado uma fortuna!
– Tava em promoção. – Aquilo era mentira; Tony ainda estava ofegante.
– O mais incrível é o quanto você aguenta... – Edgard sentia-se fascinado. – Se fosse eu, não conseguiria manter isso firme nem por meio segundo...
A cada segundo, Anthony ia ficando mais cansado. Depois de dois minutos mantendo o brinquedo inteiro, ele já estava pálido, sua pressão havia baixado e então ele não teve mais forças para manter o boneco restaurado. Em questão de milésimos segundos, o boneco voltou a ser apenas cacos de acrílico.
– Sente-se, Tony. – Edgard puxou uma cadeira para o amigo e o ajudou a se sentar. – Você é incrível! Você manteve o boneco materializado por quase três minutos, tem noção do que é isso?
Anthony só teve forças para esboçar um sorriso.
A aula já ia começar e então Edgard dividiu a carteira com Anthony. Eles se sentavam bem na frente, eram os típicos *nerds.*
Naquela manhã, Anthony não conseguiu prestar atenção na aula. Muitos ainda riam dele, mas agora ele já não se importava com isso. Acabou se lembrando de como havia conhecido Edgard. Até conhecer o amigo, Anthony pensava que era o único garoto com o poder de materializar pensamentos. Todos aqueles com esse raríssimo poder eram conhecidos como Materializadores.
Os Materializadores não se manifestavam perante a sociedade, seus poderes eram muito visados e toda vez

que um deles era descoberto, ele sumia em poucos dias. Dizia-se que a Máfia os sequestrava para que eles dessem formas aos pesadelos dos cidadãos de Imaginetrium. "O medo é o controle da alma", era o lema da Máfia. Anthony sabia que muitos Materializadores sumiam do mapa, mas não acreditava no envolvimento da Máfia nisso. Além do mais, o Super Timothy era o maior astro teen do Mundo dos Sonhos e todos sabiam que ele era um Materializador. Se a Máfia queria mesmo assustar a todos, já teria sequestrado alguém famoso.

Anthony ficou a manhã inteira refletindo sobre a Máfia. Todos diziam que o principal alvo do grupo era o BCI, eles queriam derrubar todo o sistema, era o que se dizia. *Por que derrubar um sistema que permite que todos sejam iguais?* – essa era uma pergunta que não saía da sua cabeça. Tony só foi se dar conta do horário quando a aula chegou ao fim. Edgard estava ao seu lado e o analisava.

– Você deve ter prestado bastante atenção na aula... – O tom de voz de Edgard era bem irônico.

– Sempre presto! – respondeu Anthony, com bom humor. – Vai me falar qual foi seu desejo de treze anos?

– Claro que vou! – exclamou Edgard. – Assim que nós chegarmos à cobertura.

Eles chamavam o lugar de cobertura porque ficava no topo do maior prédio comercial dos arredores. Sempre subiam escondidos pela escada de incêndio; o acesso era fácil, apesar dos grandes lances de escada. Saindo da escola, levavam pouco mais de dez minutos para chegar ao prédio. Aquela cobertura tinha se tornado o refúgio dos garotos, eles iam para lá todos os dias após a aula, levavam algumas garrafas de água e bolacha, e ficavam ali a tarde toda. Para os dois, aquela era a parte mais aguardada do dia.

Na maioria das vezes, teriam a cobertura inteira pra eles, mas, em algumas raras ocasiões, dividiam o lugar com um idoso – um velho extremamente magro, de longos cabelos grisalhos que se embaraçavam com a barba cheia e crespa. As crianças não sabiam o nome do idoso e ele dificilmente falava com elas, então se referiam a ele como Senhor L.

– Boa tarde, Senhor L – disseram os garotos.

– O banco é a verdadeira Máfia. – O velho passava o dia dizendo aquilo. Ficava a tarde toda olhando a paisagem e repetindo a mesma frase. O velho não sabia, mas seu apelido era a abreviação de Senhor Louco.

– Com certeza – respondeu Edgard, em tom de zombaria. – Mas um dia nós vamos pegá-los!

O velho pareceu não ouvir e continuou olhando para o horizonte e repetindo a mesma frase: "O banco é a verdadeira Máfia".

As crianças não tinham medo do idoso, sabiam que ele tinha um bom coração. Certa vez, quando Edgard chegou à cobertura sangrando, após ter impedido John de nocautear Tony na escola, o velho foi até os garotos e ajudou Anthony a cuidar dos ferimentos. Dos vários encontros na cobertura, aquele foi o único em que o idoso falou com os garotos diretamente e não comentou nada sobre a Máfia ou sobre o banco. Se o Senhor Louco quisesse fazer mal aos garotos, já teria tido mais de uma oportunidade.

Anthony estava muito ansioso para saber qual seria o desejo especial de Edgard. Essa foi a primeira coisa que ele perguntou quando se sentaram.

– Agora chega de tortura! – exclamou Tony. – Qual vai ser o seu grande desejo?

– É uma coisa besta... – Edgard continuava a fazer charme.

– Eu adoro coisas bestas! – respondeu Tony aos risos.

– Certo... – Edgard estava tão ansioso para contar quanto Tony estava para ouvir. – Eu vou conhecer o Super Timothy!

Isso foi o suficiente para deixar Anthony de queixo caído; ele não sabia como reagir, mas ainda tinha mais:

– E você vai comigo!

É natural que todos fiquem felizes ao receberem notícias boas, mas, algumas vezes, a notícia é tão boa que beira o inacreditável, e ninguém sabe como reagir. Levam alguns segundos para a notícia ser digerida e, depois disso, cada um se comporta de uma maneira. Anthony era muito sensível. Aquela era provavelmente a notícia mais legal que recebera em sua vida. Ele ia conhecer o seu ídolo, ao lado do melhor amigo. O que poderia ser melhor que aquilo?

– É... verdade? – foi tudo o que Tony conseguiu dizer.

– Não é justo que só sejamos amigos nos momentos ruins, não é? – Edgard notava a felicidade do amigo, o que o deixava ainda mais feliz. – Quero ter os melhores momentos ao lado do meu melhor amigo.

Anthony não tinha nada a dizer. Ele se atirou nos braços de Edgard, abraçou o amigo com força e, sem se importar em demonstrar fragilidade, começou a chorar. Não um choro triste. Um choro de felicidade. Queria tanto dizer a Edgard que os melhores momentos sempre aconteciam ao lado dele, mas algo que necessitaria de milhares de palavras para ser explicado foi dito com um simples gesto: um abraço apertado.

Edgard, a princípio, não soube como reagir, mas depois correspondeu ao abraço. Percebeu que Anthony chorava, e isso mexia com ele. Apesar de terem quase a mesma idade, Edgard tinha Anthony como um irmão mais novo. Ele não aguentava ver alguém machucando Tony. Ele sempre o protegeria, da melhor maneira possível.

– Tony, você acredita que vamos conhecer o nosso herói? – Edgard tentava levantar o astral da conversa, afinal, aquela era uma boa notícia. – O Materializador mais conhecido do mundo... Já pensou do que seríamos capazes de fazer se tivéssemos metade do controle que ele tem para materializar?

– Você acha que poderíamos ser super-heróis, eu sei! – Anthony finalmente acabou esboçando um sorriso, ele já conhecia aquelas ideias do amigo.

– Nós poderíamos ajudar muita gente, Tony... – Edgard parecia estar com a mente distante. – A gente ia acabar com todos os Johns de Imaginetrium!

– Não acho que deveríamos pensar assim...

– Você acha certa a maneira como eles tratam a gente? – indagou Edgard, parecendo surpreso.

– Não, por isso acho que não devemos pensar assim... – Anthony notou que Edgard ainda parecia confuso, então continuou a explicar: – Não podemos simplesmente nos livrar daqueles de quem não gostamos, seríamos iguais a eles se fizéssemos isso.

Edgard ficou em silêncio por alguns instantes, refletindo sobre o que acabara de ouvir. Anthony não sabia, mas ele inspirava as pessoas. Apesar de toda sua insegurança, ele fazia todos pensarem.

– Você tem razão... – confessou Ed. – A opressão não traz progresso. O segredo para a evolução é a educação.

– Você é muito bom com as palavras, Ed.

Edgard sorriu com o elogio do amigo. Passaram o resto da tarde conversando sobre o encontro que teriam com o Super Timothy no dia seguinte. Mas, não importava sobre o que falassem, as palavras de Tony ainda ecoavam na mente de Edgard.

No fim daquele dia, antes de se despedirem, Edgard disse:

– Você ainda vai mudar o mundo, Tony...

Anthony não entendeu o comentário do amigo, mas Edgard estava certo. Para o bem ou para o mal, aquele garoto inseguro iria mudar o mundo.

Dois

SUPER TIMOTHY

Na manhã seguinte, Anthony e Edgard não pararam de falar do grande acontecimento do dia: o encontro com Super Timothy. Edgard detalhou mais sobre o evento.

Timothy estava lançando um novo jogo, "Super Timothy: Derrubando a Máfia"; aquele seria um jogo de realidade virtual. Com o auxílio de óculos de tecnologia avançada, os jogadores poderiam lutar ao lado de Timothy para combater a Máfia ou, para os jogadores rebeldes, lutar ao lado dela. Especulava-se muito sobre o jogo e diziam que ele teria bastante terror. O astro teen rodava toda a Imaginetrium para fazer sessões de autógrafos para os que comprassem o jogo. Cada compra gerava duas senhas para a sessão de autógrafos. Edgard já tinha comprado o jogo na pré-venda e obtido suas senhas.

Os garotos estavam ansiosos para enfim conhecerem o ídolo, mas o tempo não passava naquele dia; isso parece sempre acontecer quando se está contando os segundos para algo. John já havia provocado Anthony diversas vezes só naquela manhã, e o tempo continuava a não passar. Eles tinham tentado de tudo para se distraírem: haviam especulado como seria todo o enredo do jogo, feito todos os deveres que os professores tinham mandado, mas nada funcionava. Tiveram que aguentar a ansiedade...

Quando o período escolar acabou, ambos saíram da escola correndo. A mãe de Edgard já estava com seu aeromóvel estacionado na porta do colégio, esperando para levá-los até a loja em que seria realizado o lançamento.

– Oi, mãe – cumprimentou Edgard ao sentar-se no banco do passageiro.

– Boa tarde, Sra. Palmas – disse Tony, ajeitando-se no banco traseiro.

– Boa tarde, crianças – a Sra. Palmas respondeu aos cumprimentos. Ela era uma mulher extremamente dócil, estava sempre sorrindo. – Como foi a escola hoje? – já foi dando a partida.

– Demorada – Anthony e Edgard responderam juntos; isso fez a mulher rir.

– Vocês vão sentir falta dela no futuro... – Aquela era uma frase que todas as mães, de qualquer mundo, tinham de dizer.

– Aposto que não – E aquela era a resposta de todas as crianças.

Era difícil dizer quem tinha razão.

– Mãe, a loja é muito longe? – perguntou Edgard. Os garotos tinham a sensação de terem saído da escola há horas.

– Filho, acabamos de sair da escola... – Ela fez questão de lembrar. – Ainda levaremos dez minutos pra chegar lá.

Edgard bufou em resposta.

Felizmente o tempo com a Sra. Palmas passava bem mais rápido. Ela era sempre divertida. Considerava Anthony como um filho, e ele também a via como uma segunda mãe.

Quando chegaram à rua do evento, foi muito fácil encontrar a loja, pois havia uma fila enorme se estendendo por toda a calçada. Anthony e Edgard se despediram da Sra. Palmas e foram correndo para a fila, mas foram abordados por um segurança.

– Crianças, me desculpem – disse o homem. – Mas esta fila é só para quem já tem senha.

Anthony se desesperou por ter sido abordado pelo segurança, mas Edgard manteve a calma e mostrou as senhas para o homem, que então pediu para ambos colocarem suas digitais em um escâner biométrico remoto. Com as digitais, o homem conseguia ter acesso a todos os dados de qualquer cidadão de Imaginetrium. Era a melhor forma de saber quantas pessoas e quem havia comparecido ao evento.

– Edgard e Anthony, certo? – perguntou o segurança.

– Sim, senhor – responderam os garotos.

— Aproveitem o encontro — finalizou o homem, e em seguida ele foi colher outras digitais.

— Você sabia que eu tinha a senha, Tony... — comentou Edgard quando o segurança já estava distante. — Por que ficou nervoso?

— Você viu o tamanho daquele cara? — indagou Anthony em resposta. — Até o Super Timothy ia ter medo dele! — ambos acabaram rindo daquilo.

Ficar na fila era algo muito monótono, mas podia acabar sendo bem divertido. Todos os jovens ali tinham mais ou menos a mesma idade e compartilhavam o mesmo ídolo, portanto era fácil terem assunto para conversar. Isso ajudou a fazer o tempo passar, mas, aos poucos, todos iam se cansando de ficar em pé esperando. Então surgiu a grande notícia que manteria aqueles jovens animados:

— Ele já está na loja! — gritou uma jovem eufórica; ela apontava para um telão de um prédio próximo. Na tela dava para ver que o Super Timothy já estava sentado e rodeado de algumas crianças.

Onde Timothy estivesse, estavam também as câmeras; era sempre assim, ele sempre acabava aparecendo nos telões da cidade. E isso tinha uma boa explicação: todos os aparelhos de filmagem de Imaginetrium estavam sintonizados em uma mesma rede, todos tinham GPS integrado aos seus mecanismos, sendo assim, quando diversas pessoas em uma mesma localidade começavam a filmar algo, toda a informação era compartilhada instantaneamente, e as imagens podiam chegar a todos os telões espalhados pela cidade; só dependia da quantidade de pessoas que filmavam o mesmo evento.

No caso do Super Timothy, qualquer imagem compartilhada chegava aos telões, afinal, ele era o maior astro teen do Mundo dos Sonhos, e não existe público mais fanático que os adolescentes.

Todos na fila se animaram ao verem a imagem de Timothy na tela. Essa reação só se intensificou quando o mesmo guarda que tinha abordado Anthony e Edgard gritou:

– Fila única! Timothy vai começar a atender a todos!

Dali em diante tudo pareceu acontecer rápido demais. Grupos de até dez jovens adentravam a loja e voltavam alguns minutos depois com sorrisos que iam de orelha a orelha, fotos e autógrafos. Mas o melhor de tudo era, sem dúvida, os comentários.

– Amiga! Você viu a barriga dele? – perguntou uma garota à amiga.

– Nem me fale – respondeu a outra. – Eu terminei com meu namorado pra vir conhecer o Timothy e ele nem olhou pra mim na hora de tirar foto...

E ainda existiam comentários mais hilários:

– Já conversei com o meu pai e vou mudar o meu nome pra Timothy quando fizer dezoito anos... – comentou um garoto com outro.

Anthony e Edgard eram fãs do Super Timothy, mas não se aguentavam diante dos fanáticos. Quem os visse, notaria que estavam sempre gargalhando. As risadas

foram boas para fazer a tarde passar e, quando se deram conta, já era a vez deles de entrar.

— Garotos, é a vez de vocês — anunciou o guarda. — Vamos logo pra não travar a fila. — Então, eles entraram.

É incrível como os eventos mais aguardados são os que mais demoram para acontecer e, quando acontecem, acabam muito rápido.

O encontro deles com o Super Timothy seria um desses eventos-relâmpago. O ídolo perguntou o nome dos garotos para autografar, depois Edgard e Tony tiraram fotos com o herói e pegaram autógrafos, mas, quando estavam indo embora, Ed tomou uma atitude que para sempre mudaria sua vida.

— Timothy, hoje é meu aniversário! — exclamou Ed.

— Parabéns, garoto! — respondeu o herói; estava na cara que a empolgação dele era uma farsa, ele só queria ver a fila chegar ao fim. Anthony não o culpava, devia ser extremamente cansativo ficar ali o dia todo.

— Eu ia pedir pra você materializar alguma coisa pra mim, mas isso não ia fazer com que se lembrasse de mim... Muitas pessoas devem pedir a mesma coisa.

— Por algum motivo, Timothy pareceu interessado no assunto. — Apenas guarde isso pelos poucos segundos que durar.

Então, Edgard fez. Tanto Fran quanto a Sra. Palmas viviam dizendo para os garotos não mostrarem seus dons em público, mas Edgard quebrou a regra. Ele concentrou todas as energias e materializou um boneco. Um boneco igualzinho ao que Tony ia lhe dar de presente. Ele entregou o presente a Timothy, e o astro ficou maravilhado com aquilo.

— Você é como eu... — Ele observou o boneco por quase um minuto, depois disso o boneco sumiu. — Hoje é seu aniversário, não é?

Edgard assentiu.

— Você e seu amigo deviam ficar pra comemorarmos após a sessão! — exclamou Timothy; agora ele parecia realmente empolgado. — Depois eu mesmo posso levá-los para casa!

— Claro! — Edgard e Tony concordaram ao mesmo tempo.

Os dois tiveram um momento de celebridade. Muitos outros garotos não entenderam o que tinha acontecido e tentaram convencer Timothy de que era aniversário deles também. Enquanto atendia outros fãs, Timothy ficava puxando assunto com eles, principalmente com Edgard. Todos os outros garotos olhavam para o aniversariante com extrema inveja e desgosto, mas ele não se importava.

Muitas pessoas já tinham conhecido o ídolo, mas a fila parecia não diminuir. Ao contrário do que acontecia antes, agora que estavam na presença de Timothy, o tempo passava rápido demais. Já era noite e Anthony imaginava que a mãe devia estar desesperada atrás dele.

— Ed, vou ligar pra minha mãe... — disse Anthony.

— Ela deve estar louca atrás de mim! — Edgard assentiu, então Tony deixou a loja, pois não queria ser a única criança do evento ao telefone com a mãe.

Do lado de fora, Anthony percebeu que a fila chegava ao fim. Logo eles teriam a tão esperada conversa particular com o ídolo. Anthony tinha pressa de voltar para junto de Edgard, mas a mãe não atendia o celular. Minutos depois, a fila tinha acabado e a mãe ainda não tinha atendido nenhuma das ligações; isso não era típico dela.

Quando Tony olhou novamente para dentro da loja, notou que Timothy já estava a sós com Ed e sua equipe. Anthony se desesperou para se juntar a eles.

Foi aí que tudo aconteceu.

Discretamente, enquanto falava com Edgard, Timothy deu um sinal com as mãos para seu capanga e, depois disso, as coisas ficaram muito assustadoras. O capanga de Timothy disfarçadamente despejou um líquido sobre um pedaço de pano, parecia uma camisa de criança velha, e, em seguida, pressionou o tecido contra o rosto de Edgard que, após ser pego desprevenido, imediatamente relaxou o corpo, até adormecer.

Anthony se escondeu. Não precisava ser perito para saber que os capangas tinham acabado de drogar Edgard. *Por que fariam isso?*

Edgard precisava de ajuda, isso estava claro, mas o que Anthony poderia fazer sozinho contra aqueles adultos? Tony precisava de ajuda. Tinha que pensar na melhor maneira para agir, e isso só ficou mais difícil quando ele ouviu os gritos vindos de dentro da loja.

– E cadê aquele moleque estranho que tava com esse aí? – a voz era de Timothy.

– Eu o vi saindo da loja, chefe – respondeu um dos capangas.

– Mas que merda! – exclamou Timothy. – A última coisa que eu preciso é de uma criança para me difamar.

– Ouvi o garoto dizer que estava tarde e que precisava falar com a mãe – disse uma terceira voz, bastante grossa, provavelmente de outro capanga. – Talvez tenha ido pra casa.

– Certo, mas, por via das dúvidas, vigiem a casa da criança. Não podemos permitir que ela continue à solta. Vigiem também as delegacias mais próximas. Se ele viu algo estranho, vai procurar pela polícia, não que isso seja um verdadeiro problema, mas...

– E como vamos descobrir onde o garoto mora, chefe? – indagou o primeiro capanga, o da voz não tão grossa.

– O garoto estava na sessão de autógrafos... As digitais de todos aqui foram escaneadas, temos todos os dados deles. O nome desse Materializador é Edgard – disse Timothy, apontando o dedo indicador para o garoto desacordado. – O outro garoto tem que ter o nome antes ou depois do Edgard na listagem. O nome dele começava com A...

– Tem um Anthony na lista, ele está logo depois do Edgard.

– Isso mesmo. – A satisfação de Timothy estava expressa em sua voz. – Vamos vasculhar a vida desse garoto.

O estado de choque cessou. Anthony não precisou pensar duas vezes antes de sair correndo para longe da loja. Precisava encontrar ajuda, mas os bandidos tinham todos os seus dados e com isso podiam descobrir tudo sobre a sua vida. Ele corria e ia tentando ligar para a mãe ao mesmo tempo, só que ela ainda não atendia às suas ligações. *Será que eles já pegaram a mamãe? Não! Eles não podem ser tão rápidos.*

Anthony precisava de um lugar para pensar, e ele só conhecia um lugar onde estaria a salvo.

Apesar de não ter um bom porte para o atletismo, a adrenalina permitiu que Tony corresse em boa velocidade por cerca de 25 minutos até chegar à cobertura. Já no local, começou a pensar em tudo o que tinha acabado de acontecer e não pôde evitar o choro ao pensar que talvez nunca mais visse Edgard e sua mãe.

As duas únicas pessoas no mundo que se preocupavam com ele.

As duas únicas pessoas por quem deveria dar a vida.

Mas tudo o que conseguia fazer era chorar.

Você é um fracasso, Anthony... John sempre esteve certo sobre você. Você é fraco.

Anthony acreditava que àquela altura nada mais poderia surpreendê-lo, mas estava enganado, pois, ali perto dele, alguém o observava. E um encontro que ia mudar a vida de Tony para sempre estava prestes a acontecer.

Três

EDGARD

Edgard acordou na companhia de uma forte dor de cabeça e, ao abrir os olhos, percebeu que não sabia onde estava. O lugar era muito mal iluminado, então era muito difícil enxergar o que estava ao seu redor. Ele tentou se levantar, mas as pernas fraquejaram, resistindo ao seu comando, e o mais estranho de tudo: o chão parecia tremer.

Não havia terremotos ou coisas do tipo em Imaginetrium, sendo assim, Edgard demorou muito para deduzir o que devia ser óbvio: encontrava-se na caçamba de algum automóvel. Um dos últimos de Imaginetrium que ainda tinha rodas. Isso explicava a má iluminação e o tremor no "chão".

Quanto mais Edgard forçava a mente para se lembrar do que tinha acontecido antes de estar ali, mais a sua cabeça doía e mais cansado ele se sentia. Suas pálpebras estavam extremamente pesadas, então sentia-se sonolento, mas, ao mesmo tempo, sua mente estava agitada e ele não conseguia se concentrar em nada;

nunca tinha sentido nada parecido antes, era uma sensação muito irritante.

Mas aos poucos, com muita insistência, a memória foi voltando.

Porém, o que era para ser tranquilizador só serviu para desesperá-lo ainda mais.

Ele se lembrava de estar conversando com o Super Timothy quando, de repente, alguém esfregou um pano velho em seu rosto e isso fez com que ele adormecesse. Agora era fácil entender a tontura e o cansaço. Ele havia sido drogado.

Apesar do que tinha conseguido lembrar, poucas coisas faziam sentido.

Onde estava Timothy?

O que aqueles homens poderiam querer com ele para chegarem ao ponto de drogá-lo?

E o mais importante de tudo: onde estava Anthony?

Edgard tinha uma vaga lembrança de ver Anthony se afastando poucos minutos antes de o terem drogado. *Talvez Tony tenha escapado.* Mas, no fundo, Ed duvidava de que o amigo tivesse conseguido mesmo escapar. Não que questionasse a capacidade de Anthony, mas sabia que ele era frágil e nunca o deixaria para trás. Edgard amava e admirava a lealdade do amigo, mas o que ele mais queria era que Tony estivesse a salvo.

Naquela situação, não havia mais nada para ocupar a mente de Edgard; ele só conseguia especular o que teria acontecido com Timothy e Tony. E também não adiantava nada a especulação, pois nenhuma parecia ter um final feliz.

A melhor coisa que Ed tinha para fazer era dormir até aquele automóvel parar. Tinha a sensação de que já estava preso ali há horas.

Edgard precisava mesmo descansar. Ele não fazia ideia do que o esperava quando a caçamba fosse aberta.

Quatro

SENHOR LOUCO

Anthony chegou a saltar de susto quando sentiu alguém tocar em seu ombro; nesse momento, não teve dúvidas de que os capangas do Super Timothy o tinham encontrado. Mas, para a sua surpresa, quem o chamava era apenas o Senhor Louco. O velho tinha ficado preocupado após ter ouvido Tony chorando.

– Está tudo bem com você? – perguntou o velho.

– Eu perdi o Edgard... – respondeu Tony, seu tom de voz era tristonho.

– Tenho certeza de que vão encontrá-lo – disse Senhor L, confiante. – Hoje em dia existem muitas maneiras sofisticadas para encontrar alguém.

– Não... – Tony se segurava para não voltar a chorar. – Ele foi sequestrado. O Super Timothy sequestrou o Ed!

A maioria das pessoas não levaria aquilo a sério. Afinal, o que um astro teen iria querer com uma criança? Mas, por algum motivo, o Senhor Louco pareceu levar o assunto bem a sério, a ponto de quase surtar.

Ele foi longe demais... – O velho parecia indignado. Ia andando de um lado para o outro, impaciente. – Sempre soube que ele fazia esse trabalho sujo! O que eu esperava?

Tony não queria interromper o surto do idoso, mas precisava entender o que estava acontecendo, então teve que perguntar:

– De quem o senhor está falando?

– Timothy – exclamou o velho, como se aquilo fosse óbvio. – Ele está sequestrando crianças! Eu sempre soube disso!

Anthony queria dizer que o velho era um completo maluco, mas, se Timothy tinha sequestrado Ed, o que o impediria de fazer o mesmo com outras crianças?

– Explique-se – foi tudo o que Tony conseguiu dizer.

O Senhor Louco tomou ar, indicando que a explicação seria razoavelmente longa, e então começou:

– Timothy trabalha para a Máfia. Ele diz ser um Materializador para induzir as crianças a mostrarem seus talentos e, então, Timothy e a Máfia sequestram essas crianças para fazerem algo... – o velho hesitou, mas continuou: – Algum tipo de experimento, eu acredito. Você, na certa, já ouviu falar do desaparecimento de inúmeras crianças. Só existe uma coisa em comum entre todas elas: todas eram Materializadores.

Havia muita coisa que fazia sentido naquela explicação, era impossível negar, mas algumas outras, por outro lado, pareciam completamente sem nexo.

– Você não acha estranho que as autoridades nem suspeitem de Timothy? – perguntou Tony. – Quer dizer... só você no mundo todo teria percebido isso?

– É claro que as autoridades sabem, a Máfia e o BCI caminham lado a lado. O BCI criou sua própria oposição, é genial, devo admitir. Os Materializadores não se encaixam no sistema moldado pelo BCI, por isso Timothy é usado como isca. Timothy serve para atrair outros Materializadores.

Aquilo era loucura. Mas ser loucura não queria dizer que era mentira.

– Por que o BCI faria isso? – indagou Anthony, assustado por estar quase acreditando naquele papo. – Eles salvaram o mundo de uma crise que matava milhares de fome. Por que iriam querer destruir os Materializadores se salvaram a todos antes? Não faz sentido!

– Você não entender algo não quer dizer que não faça sentido – respondeu o velho, parecendo ofendido.

– Me desculpe...

– Certo. Agora me escute com atenção – o Senhor Louco recomeçou. – Você provavelmente não sabe, pois as crianças não sabem, mas o preço que o BCI cobra dos adultos pela igualdade é bem alto. Eles cobram os sonhos dos adultos por isso.

– Como assim? – Anthony teve que se segurar para não dizer que aquilo também não fazia sentido.

– Deixe-me explicar... Todo mês os adultos têm que ir até o BCI para receberem seus pagamentos. Quando eles chegam ao banco, precisam passar por um tipo de inspeção mental. O banco argumenta que é necessário ter certeza de que você não tem nenhum envolvimento com o crime etc. Tudo isso para entrarem na sua mente e depois roubarem, mensalmente, os seus sonhos. – Por algum motivo, o Senhor Louco parecia empolgado ao explicar aquilo. – É por isso que Timothy é o único Materializador adulto no mundo. O dom de materializar está intimamente ligado aos sonhos. O talento dos Materializadores é o de trazer elementos do mundo dos sonhos para o mundo real; é como se os Materializadores fossem uma espécie de sonhadores despertos. Esse dom é muito raro e só as crianças têm, pois, como eu disse, os adultos vendem os seus sonhos, e isso impede que seus dons despertem. Alguns adultos já foram Materializadores, mas eles nem se lembram disso. Assim como seus sonhos, as lembranças também foram roubadas deles e alteradas.

Era verdade que nunca se falara de um Materializador adulto, exceto Timothy. A mãe de Anthony trabalhava no BCI, portanto, ele conhecia a norma do banco citada pelo velho: "Aqueles que tiverem envolvimento com a Máfia ou com o crime, de forma geral, não serão beneficiados com a bolsa governamental". Ainda parecia loucura, mas talvez fizesse um pouco de sentido. Infelizmente, Tony não tinha mais tempo para aquela discussão; precisava salvar Edgard.

– Se Timothy e a Máfia trabalham juntos, Ed deve ter sido levado para a sede da Máfia para fazer parte desses tais experimentos. Você sabe onde é a sede?

– Claro que sei, eu acompanho Timothy há muito tempo, mas não posso deixar você ir até lá.

– Eu preciso dessa informação pra salvar o meu amigo – exclamou Anthony, impaciente.

– Eu sei. – Apesar da expressão do garoto, o velho sorriu. – E é por isso que eu vou com você. Teremos que pegar o velho trem, ele não transporta mais pessoas, mas ainda leva cargas. Ele vem para a cidade e depois volta para a Floresta dos Pesadelos. É para lá que devemos ir.

– Certo... – Apesar do nome da floresta incomodá-lo, Anthony ficou realmente feliz em ter ajuda. Como não podia contar com a mãe, que devia estar sendo observada, era provável que tivesse de descobrir sozinho o que fazer. – Vou ligar pra minha mãe e explicar tudo. Os capangas de Timothy devem estar atrás dela.

– Não! – o Senhor Louco tomou o aparelho de Anthony antes que ele pudesse pensar em fazer algo. – Se a Máfia tem seus dados, eles podem rastrear você através desse aparelho! Temos que nos livrar disso – e o velho jogou o aparelho prédio abaixo.

Anthony estava pronto para xingá-lo, mas o velho foi mais rápido:

– Temos que ir agora – disse, com seriedade. – Seu amigo está em perigo.

Cinco

EDGARD

Edgard acordou com uma freada brusca do automóvel, que o fez bater a cabeça com força em uma das laterais da caçamba. Apesar da força da pancada, Ed não tinha tempo a perder, sabia que aquela freada indicava que haviam chegado. *Seja lá onde estamos, logo eles terão que abrir a caçamba,* pensou.

E o pedido foi atendido.

Alguns segundos após a freada, a porta da caçamba começou a tremer pelo lado de fora; certamente alguém estava tentando abri-la à força. Ed sabia que tinha poucos segundos, então teve que se concentrar. Mentalizou que em suas mãos tinha um grande pedaço de madeira, a respiração começou a ficar pesada, e isso era um sinal de que estava dando certo. De repente, em suas mãos encontrava-se o objeto mentalizado. Era bem pesado, e uma pancada com aquilo, se bem dada, devia ser o suficiente pra abrir a cabeça de alguém.

Cada segundo que passava exigia mais esforço de Ed; não era fácil manter algo materializado por muito tempo. Sua respiração ia ficando bem ofegante, mas ali, felizmente, ele não teve que esperar muito. Quando a caçamba se abriu, Ed surpreendeu um homem gordo, baixo e feio com uma bela "madeirada" no meio do rosto, e, instantes depois, o pedaço de madeira sumiu. A pancada não pegou em cheio, mas deu tempo suficiente para Edgard saltar da caçamba e sair correndo.

Edgard não sabia que lugar era aquele, porém sabia que estava longe de casa. Não havia nenhum lugar perto de sua casa que fosse rodeado por árvores. Encontrava-se no meio de uma floresta, sem dúvida alguma. E, ao ouvir os gritos, descobriu que não era o único ali.

– O garoto escapou! – gritou um homem.

Edgard sabia que aquele grito logo traria reforços; tinha que fugir. Não havia tempo a perder. Ed correu floresta adentro; não olhava para trás, corria como se sua vida dependesse daquilo, e ela provavelmente dependia mesmo.

Enquanto corria pela floresta, uma sensação estranha foi tomando conta de Edgard; parecia que a floresta repudiava sua presença. Tudo ali parecia bem infeliz. A floresta parecia ter vindo dos piores pesadelos da humanidade. De alguma maneira, Edgard sabia que nenhuma pessoa boa era bem-vinda ali. Aquele lugar estava empesteado por alguma magia estranha.

As estrelas no céu eram as únicas coisas que Ed podia usar para se guiar. Sabia que morava no Sul, por isso tentou seguir nessa direção com o auxílio das constelações, mas ainda assim era difícil ter certeza se estava indo bem.

A floresta, além de assustadora, era imensa, e, por mais que ele corresse, a mata parecia nunca ter fim.

Tudo ali era muito homogêneo. Edgard nunca perceberia se estivesse correndo em círculos, e, a cada passo, o desespero aumentava. Uma estranha loucura foi tomando o corpo e a mente de Ed. De repente, ele sentia uma enorme vontade de gritar. Isso atrairia os perseguidores, mas ele já não ligava mais para isso.

Um grito ecoou pela floresta.

Um grito tão alto, que chegava a ser ensurdecedor, mas não era o de Edgard.

O pior de tudo era que o grito chamava por Ed.

– Isso não pode ser real... – Edgard sentiu o próprio corpo estremecer e se arrepiar.

Infelizmente, era real.

– Edgard? – chamou a voz novamente; agora ela soava um pouco familiar.

De onde eu conheço essa voz?

– Edgard? – a voz parecia mais próxima. O garoto agora tinha certeza de conhecer aquela voz.

Ele só precisava ouvir o chamado mais uma vez para ter uma confirmação.

– Ed?

– Super Timothy! – Ed enfim reconheceu. – Onde está você?

– Aqui! – Timothy apareceu no meio da floresta, parecendo bem cansado. – Você está bem?

– Estou! – Edgard estava muito feliz em ver o ídolo. – Não sei o que está acontecendo... Sinto que essa floresta me quer longe daqui... – Ele poderia passar horas falando o quanto aquela floresta lhe incomodava, mas sabia que aquilo não era o mais importante naquela hora. – Você viu o Anthony?

Antes que Timothy pudesse responder, Edgard foi surpreendido por uma pancada na cabeça. O homem que Ed atingira instantes antes com o pedaço de madeira materializado agora devolvia o golpe, mas usando um bastão de alumínio.

– Boa tacada, Duds – parabenizou Timothy.

– Obrigado, chefe. – Duds olhava para o corpo de Edgard e sorria, parecendo bem satisfeito.

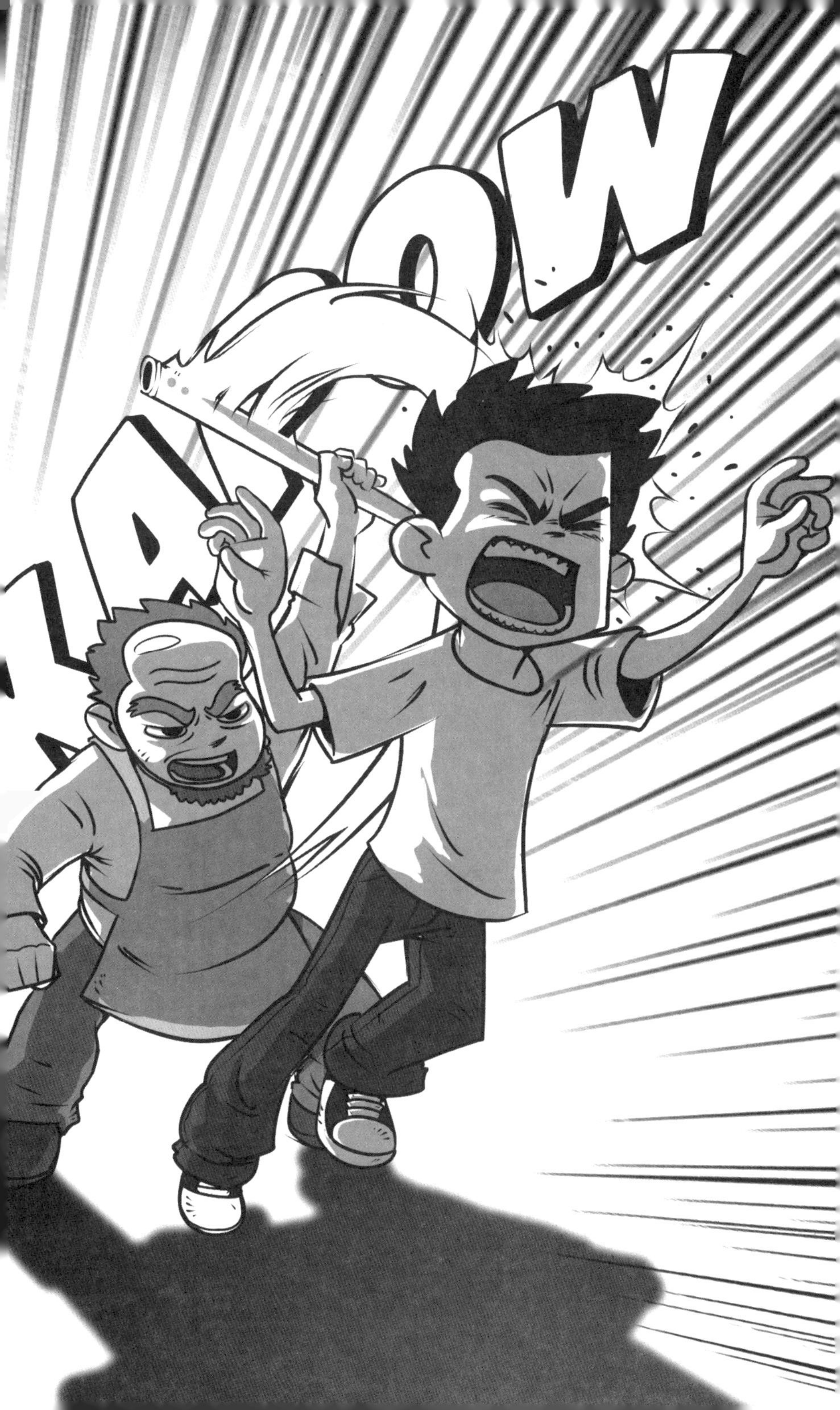
OW

Seis

SENHOR LOUCO

A área onde ficava a velha estação ferroviária podia perfeitamente ser usada como cenário para diversos filmes. Durante o dia, o lugar era todo iluminado e bem verde, digno de uma fotografia, mas durante a noite, por outro lado, tudo ficava bastante sinistro. E era começo de madrugada quando Anthony e Senhor Louco alcançaram a velha estação, após terem caminhado por mais de uma hora. Chegaram bem a tempo da última viagem daquela noite.

Como o Senhor Louco havia dito, o lugar pareceria abandonado, se não fosse por alguns poucos trabalhadores. Anthony imaginou que aqueles homens deviam ser os responsáveis por carregar e descarregar o trem. Como era de imaginar, já que o trem vinha da floresta, a carga era toda de madeira.

Os funcionários da estação estavam bem desatentos, talvez por estarem muito cansados, mas isso foi bom. Anthony e Senhor Louco não tiveram dificuldades nenhuma para entrar escondidos em um dos vagões livres. Ajeitaram-se ali e Tony ficou extremamente grato por poder descansar as pernas, tinha ficado em pé o dia todo.

Tudo estava tão quieto que Anthony não pôde fugir de seus pensamentos. Começou a pensar no dia que tivera e em todos os acontecimentos estranhos que vivera até ali. Ele se lembrou da conversa que tivera com o Senhor L na cobertura. *Será que é mesmo verdade que os adultos vendem seus sonhos sem saber?* Ao se perguntar aquilo, Anthony acabou se lembrando da mãe. Fran era muito trabalhadora, mas sempre se sentia cansada, e Tony não se lembrava dela comentando sobre sonhos, fossem eles antigos ou recentes. Talvez a mãe vivesse para trabalhar e ele nunca tivesse notado aquilo... *Será que minha mãe sempre gritou por socorro e eu nunca entendi?*

Os pensamentos poderiam ter se estendido ainda por muito mais tempo, mas, de repente, algumas vozes começaram a conversar do lado de fora do vagão. Tony e Senhor Louco permaneceram em silêncio para poderem ouvir a conversa com atenção.

– Tudo pronto pra partir aí? – gritou um homem. A voz dele era incrivelmente grave, ele parecia estar quase rugindo.

– Tudo certo! – respondeu outro. A voz desse já era bem fina, o contraste entre as vozes chegando a ser cômico. – Bota a máquina pra funcionar!

Cinco minutos depois, tudo começou a tremer e uma fumaça densa, que cheirava a queimado, tomou conta de todos os vagões. Tony compreendeu que o maquinário havia sido ligado. Alguns instantes depois o trem partiu, começando em baixa velocidade e, aos poucos, acelerando. Isso ajudou a dispersar a fumaça, o que foi um alívio, pois estava difícil para respirar.

Anthony ficou em silêncio, olhava para um ponto fixo do vagão e não se mexia. O Senhor Louco notou a postura do garoto; não era difícil imaginar o que atormentava a cabeça daquela criança.

– Você ama muito o seu amigo, não ama? – perguntou o velho. Agora já podiam falar sem se preocupar em serem ouvidos. O trem era muito barulhento, as vozes seriam facilmente abafadas.

– Eu não tive a chance de dizer a ele o quanto... – respondeu Tony. – Nem como... – Essas últimas palavras o idoso não ouviu, pois foram sussurradas.

– Prometo que vamos encontrá-lo, Tony. – O velho abriu um sorriso, aquele típico sorriso frágil e confiante que só um avô seria capaz de dar.

– Obrigado, Senhor... – Anthony estava pronto para concluir o nome dizendo "Louco", mas conseguiu se segurar. Como ele podia estar viajando com o velho sem sequer saber seu nome? Precisava perguntar. – Qual o nome do senhor?

Por algum motivo aquela pergunta pareceu incomodar o Senhor Louco, mas mesmo assim ele a respondeu:

– Eu não tenho mais nome. Meu nome me liga a sonhos antigos, sonhos que eu já aceitei que perdi. Faz com que eu me lembre de alguém que não quero mais ser – explicou o idoso. As palavras dele mexeram com Tony, instigando sua curiosidade.

– O senhor acabou morando na rua por não vender seus sonhos, não é?

O velho assentiu.

– Mas, se o senhor não vendia seus sonhos, como foi que pôde perdê-los? – perguntou Tony.

Aquela pergunta também pareceu incomodar o velho, porém, como fizera antes, ele não fugiu de responder:

– Tony, eu amei tanto alguém. Amei a ponto de depositar todos os meus sonhos nessa pessoa. Todos os meus sonhos *eram* para essa pessoa, na verdade – explicou o velho. Agora era ele quem estava cabisbaixo.

– Acontece que essa pessoa me decepcionou... Ela levou o meu nome e todos os meus sonhos.

Tony nunca passara por nada tão intenso, mas, como toda boa pessoa, não aguentava ver um idoso triste daquele jeito. Esforçou-se para pensar em algo que pudesse alegrar o velho, então veio a ideia:

– O senhor quer salvar Ed, não quer? – perguntou.

– É o que mais quero neste momento. Sinto que isso, de alguma forma, pode me redimir – respondeu o velho.

– Bom, o senhor tem um novo sonho, e isso requer um novo nome – exclamou Tony. – Vou chamar você de Louco!

O idoso ficou sem entender se aquilo era algo positivo ou não, mas forçou um sorriso.

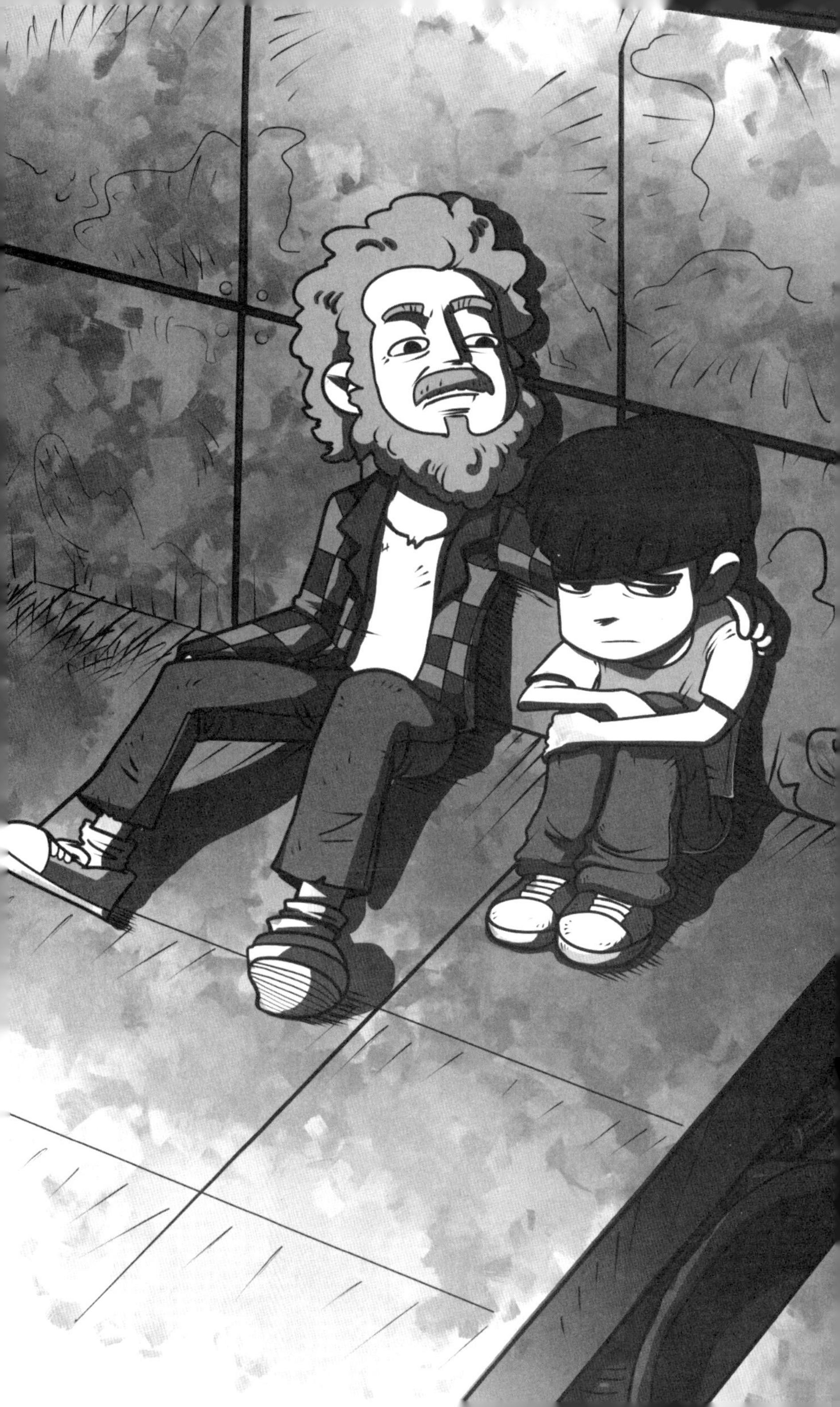

– Afinal... em um mundo onde os normais vendem seus sonhos, não faz mal ser um pouco louco, não é? – Tony sorriu e o velho, sem perceber, também fez o mesmo.

Naquela madrugada, Tony fez um idoso voltar a sonhar; fez mais pelo mundo do que a maioria das celebridades, milionários e outros poderosos. E fez isso sem pretensão alguma, só pensando em ver seu velho novo amigo sorrindo.

– Precisávamos de mais pessoas como você no mundo, Tony.

Depois daquilo, os dois amigos ficaram conversando por algum tempo, mas não demorou muito para o cansaço tomar conta deles, e acabaram adormecendo.

O dia seguinte seria longo.

Sete

EDGARD

Era a segunda vez, em poucas horas, que Edgard acordava com uma dor de cabeça insuportável e sem saber onde estava. *Espero não me acostumar a acordar assim.* Mas, dessa vez, Edgard conseguia ver perfeitamente o lugar onde estava, e isso não era nem um pouco tranquilizador.

Os braços e pernas de Ed estavam presos a uma mesa de metal, suas roupas estavam jogadas ao pé da mesa e alguns fios ligavam seu corpo a estranhos aparelhos de alta tecnologia. Aquele lugar lembrava muito uma ala médica, as paredes e o piso eram brancos, vários equipamentos estavam espalhados por todo o galpão, que devia ter cerca de quinhentos metros quadrados. Apesar de tudo ali lembrar muito um hospital, Edgard tinha uma certeza: não estava ali para receber cuidados.

Havia muita coisa ao redor que Edgard não conseguia enxergar; seus movimentos eram muito limitados, mas, em uma de suas tentativas de ver o que havia no entorno, Ed descobriu que não estava sozinho. A alguns metros da mesa de metal estavam Timothy e o homem que Ed acertara com um pedaço de madeira na hora em que fugira da caçamba.

– Que bom que você acordou... – começou Timothy. – Fiquei com medo de que não fosse resistir à pancada. Você ficou desmaiado por muito tempo!

Um ódio consumiu o coração de Edgard ao ouvir a voz de Timothy. O ídolo foi quem armara tudo aquilo para ele. *Como fui tão estúpido?*

A raiva era tanta que Ed não conseguiu dizer nada.

– Bem... – Timothy retomou a palavra. – Seja muito bem-vindo ao nosso laboratório. Aqui estudamos pessoas como eu e você.

Materializadores.

– Ainda conhecemos pouco sobre nosso talento, Edgard. – O astro teen parecia um verdadeiro cientista. – Sabemos que o dom de materializar está diretamente ligado à capacidade de sonhar. Por isso que todos os Materializadores, exceto eu, são crianças. Crianças vivem no mundo da lua, acham que são capazes de tudo e essa estupidez alimenta esse talento... É realmente engraçado, mas já notamos alguns padrões, sabia? – hesitou por alguns instantes antes de prosseguir: – A maioria das crianças que pode materializar sofre algum tipo de violência, acredita? Isso quer dizer que se uma criança tem problemas com os pais ou é muito zombada na escola essa criança tem mais chances de ser um Materializador... – Edgard não pôde deixar de se identificar com aquilo. – Provavelmente essas crianças, por não se encaixarem nos padrões impostos pela sociedade, vivem sonhando e isso as torna diferentes... Por acaso você seria uma dessas crianças que não se encaixam?

Edgard ficou em silêncio, o que pareceu deixar Timothy um pouco irritado.

– Duds, levante a maca do nosso paciente para que ele possa ver melhor onde está, por favor – pediu Timothy, o astro estava se esforçando para não perder a postura.

Quando o capanga de Timothy ergueu a maca, deixando o corpo de Ed na vertical em relação ao piso, o garoto quase gritou de susto. Agora podia ver bem todo o galpão e, infelizmente, percebeu que não era o único ali. Diversas outras crianças estavam na mesma situação que ele, também presas e seminuas, mas apenas ele estava consciente, as demais pareciam presas em um tipo de estado vegetativo.

– As crianças desaparecidas... – sussurrou Ed.

– Vejo que enfim resolveu conversar, fico feliz – Timothy forçou um sorriso. – E sim, são as crianças desaparecidas. Todas elas são Materializadores, mas não estão tão bem quanto você.

– Você é uma mentira, só ilude as crianças para capturá-las. Faz elas se identificarem com você e depois as engana. Você não é um Materializador. É um monstro! – exclamou Ed, irritado.

Timothy ignorou todo o discurso moralista de Edgard.

– Essas crianças estão nesse estado por não se comportarem – informou Timothy. – Você deve ter notado estes fios que ligam o seu corpo aos aparelhos. Eles podem te dar algum choque, sabia? – O tom dele era estupidamente sarcástico. – Nós vamos captar suas ondas cerebrais enquanto dorme para compararmos com as ondas que você emite quando materializa algo. Precisamos muito da sua colaboração. Preciso que responda às nossas perguntas, entendeu?

Edgard não respondeu mais uma vez.

– Duds, mostre a ele – ordenou Timothy.

O capanga de Timothy pegou um pequeno aparelho remoto e girou um botão; em seguida, apertou outro e, então, uma onda elétrica atravessou o corpo de Edgard, que não conteve o grito. Enquanto Edgard chorava, Duds dava risada e se divertia com a dor do garoto. Duds pareceu extremamente infeliz quando o choque cessou.

– Eu sei como isso dói, Edgard – Timothy recomeçou a falar. Ed nunca tinha notado como a voz dele era irritante. – Não queremos perder você logo, então, por favor, colabore.

– Eu te odeio – foi tudo o que Edgard disse.

– Que pena... – Timothy fingiu lamentar. – Odeio perder um fã, mas acho que você tem mais com que se preocupar, não tem? Já que estamos com o seu namoradinho...

Eles prenderam Anthony. Aquilo deixou Edgard desesperado.

– Se não se comportar, Edgard, vou matar o seu amigo. Entendeu?

Edgard se forçou a assentir com a cabeça.

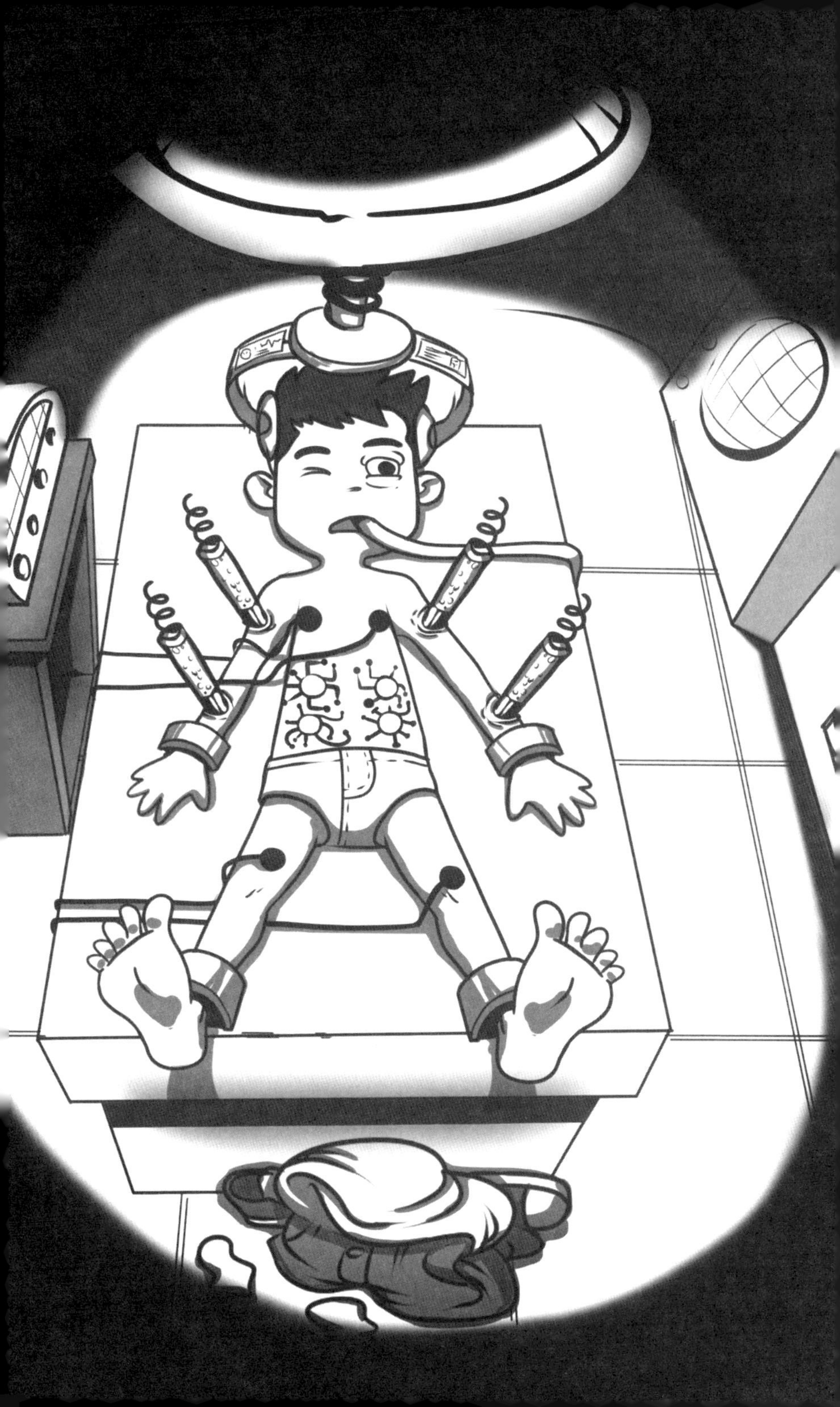

– Vai colaborar? – perguntou Timothy. – Quero ouvir sua voz.

Edgard demorou alguns segundos para responder, mas enfim acabou cedendo:

– Vou.

Timothy esboçou um sorriso que ia de uma orelha a outra e concluiu:

– Que bom que você é mais inteligente que os outros. Tenho certeza de que Duds cuidará muito bem de você.

O capanga abriu um sorriso maléfico e passou a mão pelo próprio rosto. Edgard notou que o homem não parecia ter tomado pancada nenhuma ali. Aquilo, com certeza, não era um bom sinal.

Oito

ANTHONY

– Anthony! – chamou a voz, que parecia distante. – Anthony, acorde! – Dessa vez sentiu alguém tocar seu ombro e abriu os olhos; já era manhã, e a luz do sol o cegou por alguns instantes. O Senhor Louco estava agachado ao seu lado, parecendo bastante agitado.

– O que foi, Senhor Louco? – Anthony se espreguiçava, o sono que sentia estava muito bem representado em sua voz.

– O trem parou – respondeu o velho, ainda agitado. – Temos que sair daqui logo. Ouvi conversas e acho que eles estão revistando todos os vagões! Foi tão fácil entrar que achei que não teríamos que passar por isso na hora de desembarcar.

Anthony se levantou imediatamente, uma descarga de adrenalina corria por suas veias, agora entendia o desespero do velho. *Não posso falhar com Edgard.*

– O que vamos fazer? – perguntou. – Acha que conseguimos passar sem que nos notem?

O semblante do Senhor Louco não era dos mais otimistas.

— Acho que temos uma chance, mas para isso vamos ter que *esquentar* um pouco as coisas — disse o velho. Consegue materializar alguma coisa inflamável?

— Alguma coisa inflamável... — Tony sussurrou para si mesmo, tentando se lembrar de algo inflamável que já tivesse materializado antes, até que se lembrou das aulas de Educação Física e lhe veio uma ideia. — Algo como um desodorante?

O Senhor Louco sorriu.

A expressão do velho era a mesma de uma criança prestes a aprontar.

Anthony não teve dificuldade alguma para materializar um desodorante em *spray*. Aparentemente, o esforço para materializar algo repetido era muito menor. Mas, ainda assim, por quanto mais tempo o objeto permanecesse materializado, mais Tony se sentia cansado.

Depois de o desodorante ter sido materializado, tudo aconteceu muito rápido.

O Senhor Louco pegou em um de seus bolsos um pacote de lenços e arrancou uma quantidade considerável. Ele abriu a tampa do *spray* e socou o papel dentro da lata, deixando para fora uma quantidade razoável. Então o velho sacou do mesmo bolso um isqueiro nivelador (nivelador, pois é daqueles que você seleciona a altura da chama) e acendeu a ponta do papel que ficou para fora. Depois saiu correndo para uma das janelas do vagão e arremessou a lata de desodorante para fora.

O idoso se virou para Tony, ainda sorrindo.

— Não deve demorar muito... — Pouco depois de concluir a frase, ouviu-se um *boom*. Anthony sabia que tinham causado uma pequena explosão. Do lado de fora do vagão já se ouvia uma agitação, todos os homens foram verificar o que havia acabado de acontecer.

– Acabamos mesmo de criar um incêndio? – Tony estava pasmo.

– Apenas por alguns instantes, se tivermos sorte. Como você materializou o desodorante, a explosão também foi, indiretamente, causada por você. Quando o desodorante deixar de existir, o incêndio também deixará – explicou o homem. – Temos que sair agora. Vamos pelo outro lado.

Eles abriram o vagão do lado oposto ao da janela pela qual tinham arremessado o desodorante e saltaram do trem. Por sorte, como o Senhor L havia imaginado, não havia ninguém ali. Todos os funcionários estavam ao redor do fogo, tentando entender o que gerara a explosão. Mas não tinham muito tempo, logo o choque dos homens passaria e eles iriam procurar pelos responsáveis.

– Corra! – exclamou o velho. – Corra em direção à floresta e se esconda.

Tony obedeceu e foi correndo a toda velocidade em direção à floresta. O garoto não sabia, mas aquela era a mesma floresta em que Edgard estivera, só que não era tão aterrorizante à luz do dia.

Em poucos segundos, Anthony já estava no meio da mata, escondido entre as árvores. Infelizmente, o Senhor Louco não era tão jovem e não estava nas mesmas condições físicas do garoto. O velho corria, mas era muito, muito lento.

Quando o velho estava quase chegando à mata, uma voz gritou:

– Ei, você! Fique parado aí ou vou atirar.

O Senhor Louco discretamente fez um sinal para Anthony sair dali e depois ergueu as mãos para o alto em um gesto de redenção.

– Tudo bem... Vocês me pegaram! – gritou o velho. Sua voz era firme, mas Tony notou que as pernas do novo amigo tremiam.

Os homens se afastaram do incêndio e se reuniram ao redor do Senhor Louco, todos apontavam armas para ele.

– Como veio parar aqui? – perguntou um deles, o mesmo que tinha interceptado o velho alguns segundos antes.

– Peguei uma carona no trem...

– Olhe para ele – disse outro homem, o da voz incrivelmente grossa que estivera na estação na noite anterior – É um vagabundo. Devíamos estourar os miolos dele.

Do meio da mata, Anthony pôde ver o semblante desesperado do idoso; estava pronto para intervir, mas o amigo gritou:

– Não se preocupe! – Anthony sabia que a mensagem era pra ele e se acalmou. – Eu vim aqui para ver Timothy. – Agora ele falava baixo, conversando com os homens.

– Por que está gritando, seu velho maluco? – Um dos guardas não deixou esse detalhe passar. – E o que Timothy iria querer com você? Como sabe que ele está aqui?

– Esse cara é louco, Dênis – disse o primeiro guarda. – Não notou? Dá pra perceber só de olhar pra cara dele.

– Deixe que ele responda.

BA-DOOM!

— Eu... Eu... – o idoso estava tremendo cada vez mais. – Falem com Timothy e ele vai confirmar que estou aqui para vê-lo.

Os homens se entreolharam; não sabiam se deviam confiar no velho, mas sabiam que teriam problemas caso matassem alguém que realmente estava ali para falar com Timothy. Por via das dúvidas, preferiram ligar para o chefe.

— Chefe, desculpe ligar a essa hora da manhã, mas temos aqui um velho que parece um mendigo, e ele está dizendo que veio para falar com o senhor.

Por alguns instantes tudo ficou em silêncio, até que a voz de Timothy ecoou pelo aparelho.

— Traga-o até mim – respondeu Timothy. – Eu espero a visita dele há anos... Vou falar com ele ainda hoje.

Anthony congelou ao ouvir aquilo.

— Vocês ouviram o chefe, rapazes. Ponham o vagabundo em um dos carros e o levem para o velho galpão, Timothy o espera. Não o machuquem. Por enquanto, ele é nosso convidado de honra.

Os homens assentiram e arrastaram o Senhor Louco até um dos aeromóveis. O velho não reagiu, entrou no carro sem dizer nada.

Instantes depois o carro voador deu partida e foi embora, seguindo uma longa trilha de barro que devia ser uma das últimas daquele mundo tão desenvolvido.

Anthony ainda estava parado, em estado de choque.

— Bem, vamos voltar ao trabalho – disse o homem da voz grossa, que ficou para trás, e aquilo fez Anthony voltar para a realidade.

Tony precisava encontrar Edgard, mas também estava preocupado com o Senhor Louco e não sabia se conseguiria lidar com tudo aquilo sozinho. *Talvez Ed esteja no mesmo lugar para o qual o Senhor Louco foi levado.* Ele sabia qual era a trilha que o carro tinha seguido; se ela não fosse longa, talvez conseguisse chegar ao local. A trilha era a única pista certa que Anthony tinha e ele devia segui-la.

Apesar de todo o medo que sentia, foi isso o que ele fez. Desta vez, estava completamente sozinho.

Nove

DUDS

Quem visse Duds poderia pensar que ele era um homem baixo, gordo, um feioso qualquer, mas, pior do que sua aparência, era seu interior. Ele era completamente perturbado. Sua infância não foi nada feliz. Quem sustentava sua casa era a mãe; o pai era um bêbado que batia nele por qualquer coisa. Para piorar, além de ser uma vítima recorrente do pai quando estava em casa, Duds também sofria nas mãos dos valentões da escola. Por isso, aos olhos dele, toda criança era um perigo em potencial. Ele odiava todas as crianças. Anthony e Edgard também sofriam na escola, mas conseguiam relevar e viver normalmente. Duds, no entanto, tinha decidido punir todas as crianças más, e, no seu ponto de vista, isso significava punir *todas* as crianças.

Edgard não estava nada bem naquela manhã e já esperava pelo pior. Para deixar a situação mais crítica, além de Duds odiar crianças, Ed tinha dado uma paulada no homem. Mesmo que ele soubesse do passado de Duds, nunca conseguiria convencê-lo de que não era uma criança ruim.

Naquela manhã, Duds estava todo produzido para sua "consulta" com Edgard. Todas as peças de sua roupa eram brancas, quem o visse pensaria que se tratava de um verdadeiro médico quando, na realidade, estava ali como um verdadeiro torturador.

Os pelos de Edgard se arrepiaram quando o homem se aproximou. Ed não sabia o que esperar, mas já sentia o medo tomar conta de seu corpo.

– Bom dia, Edgard – disse o homem, esboçando um sorriso doentio de satisfação em ver o garoto ali preso. – Hoje nós começaremos nossos estudos com você. Espero que nos seja mais útil do que nossa última cobaia. Promete se comportar?

O garoto não respondeu.

– Percebi no nosso último encontro que você não é do tipo que gosta de falar muito, não é mesmo? – mais uma vez, não houve resposta. – Ora, Edgard... Não me dê motivos para machucá-lo. Já estou louco para fazer isso, mas o chefe me fez prometer que eu iria pegar leve, então me ajude, ok?

Desta vez, a resposta de Edgard veio em um cuspe que atingiu bem a cara do capanga. Isso sim pareceu tirá-lo do sério.

– Bem, eu acho que você não vai desmaiar com uma descarga de 110 volts, não é? Vejo que você é durão... – Duds pegou o mesmo controle da noite anterior, com o qual definia a intensidade das ondas elétricas, e, após apertar alguns botões, Edgar sentiu o choque por todo o seu corpo.

Ed não conseguiu segurar o grito.

O doente a sua frente, enquanto isso, ria de sua dor.

A risada do homem era escandalosa, provavelmente mais alta que o próprio grito de Edgard. O garoto olhou ao redor na esperança de que alguém ali estivesse ouvindo e fosse ajudá-lo, mas tudo o que viu de diferente da noite anterior foi uma das crianças, uma menina alguns anos mais velha que ele, que parecia ainda estar consciente. Ela olhava para ele com pena, era claro que ela também conhecia aquela dor. Edgard desviou o olhar da menina rapidamente para Duds não notar nada estranho. A menina poderia se complicar se o capanga descobrisse que ela também estava acordada.

Depois de passar alguns segundos olhando para Edgard como um artista olha para sua obra, Duds recuperou a fala:

– Vou lhe contar as novidades – disse o homem. Agora ele voltava a bancar o médico-cientista. – Analisamos suas ondas cerebrais enquanto dormia e, como se espera de um Materializador, a parte criativa do seu cérebro é a que mais trabalha enquanto dorme. Apesar de você não exibir nada que te torne um Materializador excepcional, você também tem um bom controle da sua mente quando está inconsciente. Isso quer dizer que, mesmo inconsciente, você está, de certa forma, consciente. É paradoxal, mas acho que consegue entender.

O capanga ficou em silêncio, provavelmente esperando uma resposta de Ed, mas o garoto não disse nada. Então Duds prosseguiu:

— Você se lembra com o que sonhou? – perguntou.

— Como você se recuperou tão rápido da pancada que dei em você? – Edgard ignorou completamente a pergunta do homem.

Duds, sem nenhum aviso prévio, apenas girou o botão. Edgard sentiu mais um choque e gritou de novo, mas agora, em vez de gargalhar, o capanga apenas sorriu.

— Acho que você não está entendendo a sua condição aqui... Sou eu quem faz as perguntas. Você até pode perguntar, é natural ter curiosidade, mas vamos manter a cordialidade para não termos problemas.

Edgard se esforçou, mas conseguiu falar.

— Eu não me lembro... Nem sempre me lembro dos meus sonhos.

— Certo... – Duds pegou algo que parecia um pedaço de vidro qualquer e começou a escrever nele com a ponta do dedo. Todas as informações eram passadas para um computador próximo. De alguma maneira, o vidro estava conectado ao computador. – Isso é natural. Muitos Materializadores controlam seus sonhos, mas não se lembram deles. É normal, apesar de acharmos estranho.

Mais uma vez houve silêncio. O homem continuou a fazer anotações, e Edgard preferiu não interromper para não correr o risco de tomar outro choque; algo lhe dizia que mais um o faria desmaiar.

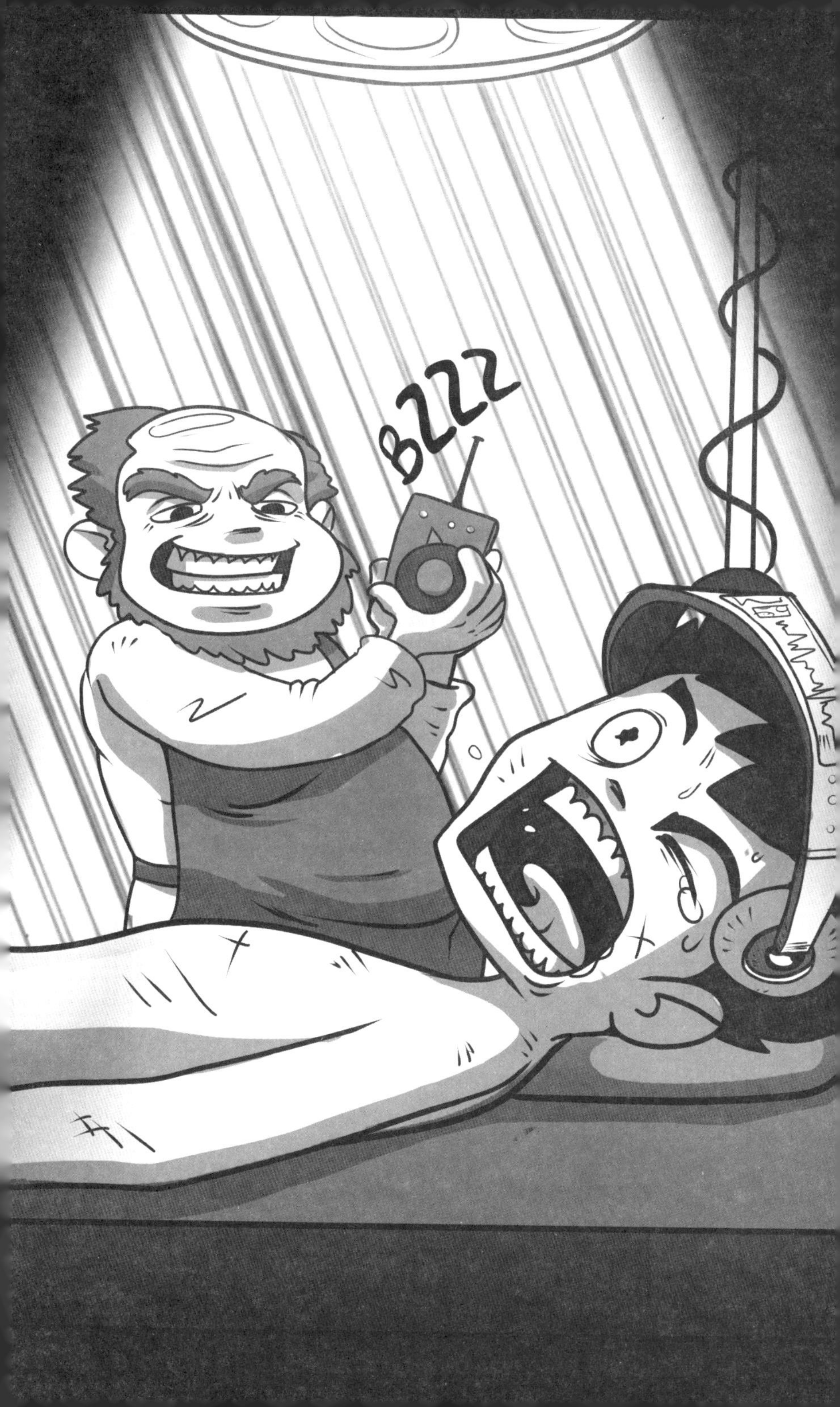
BZZZ

— Agora vou responder a sua pergunta. — Duds sorriu, erguendo o rosto após concluir suas anotações. — Eu me recuperei rápido porque a pancada que tomei foi de um objeto materializado por você. Senti a dor no momento, mas, quando o pedaço de madeira deixou de existir, a dor também se foi.
— Então, se eu materializasse uma arma e atirasse em você, você não iria morrer? — perguntou Ed, estranhando tudo aquilo.
— Morreria por alguns segundos. É lindo, não é? — Aquilo parecia enlouquecer Duds. — Eu sentiria a dor da morte, talvez até descobrisse o que vem depois da vida, mas voltaria a viver. Claro que o susto de tomar um tiro seria real e isso também poderia me matar, provavelmente mataria.

Duds aguardou por alguns segundos, esperando alguma reação de Edgard, mas, como o garoto não fez nada, ele mesmo voltou a falar:
— Tente materializar alguma coisa.

Edgard se concentrou, involuntariamente pensou em uma arma e, para sua sorte, não conseguiu nada. Ainda assim se sentiu exausto.
— Não consigo — informou o garoto. — Estou fraco.
— Naturalmente — disse o homem. — Acho que precisamos alimentar você antes de continuarmos...

Edgard ficou realmente feliz ao ouvir aquilo, mas não deixou isso transparecer.
— Talvez apenas mais um choque para você dormir um pouco enquanto preparamos algo pra você... — Duds

estava pronto para girar o botão do controle de choque. Edgard já fechava os olhos e se preparava para a dor, mas foi salvo por uma tosse.

A garota que Edgard vira segundos antes começou a tossir; ela provavelmente estava forçando, mas fez aquilo para interromper Duds e deu certo.

– Você acordou! – exclamou Duds, surpreso. – Já estava perdendo a fé em você.

Ed agradeceu à garota mentalmente; sabia que ela sofreria por aquela atitude, mas não havia nada que pudesse fazer. Ed até tentou chamar a atenção de Duds mais uma vez, mas estava exausto. Seu corpo precisava de descanso e, contra sua vontade, acabou adormecendo.

Em outra parte do laboratório começava mais uma sessão com um novo paciente.

Dez

SENHOR LOUCO

O Senhor Louco não teve problema algum enquanto era levado para o encontro com Timothy. Aparentemente, todos agora julgavam que ele era alguém muito importante. Timothy não era de receber visitas, e isso fazia todos especularem sobre o que havia de tão especial no velho para estar ali. Por mais que todos o encarassem, o Senhor Louco não notava, pois tinha outras preocupações.

Espero que o garoto tenha conseguido escapar.

O Senhor Louco e Anthony estavam juntos naquela empreitada. E o velho se sentia responsável pelo garoto. Nunca se perdoaria caso algo acontecesse com Tony. Mas também sabia o quanto Tony era capaz de se virar; o garoto subestimava a si mesmo. O Senhor Louco também sabia que poucas pessoas se arriscariam tanto por alguém. *Anthony se mostrou corajoso quando precisou. Espero que ele se mantenha firme.*

Estava claro para o Senhor Louco que Tony viria ao seu resgate. O garoto era muito leal aos amigos. A lealdade era a maior virtude de Anthony, mas também era sua maior fraqueza. Anthony podia se meter em encrenca, então o velho sabia que tinha que sair dali.

Durante todo o percurso, o idoso ficou pensando em uma maneira de escapar, mas, com todos os olhos em sua direção, isso seria impossível. Quando ele percebeu, já haviam chegado ao velho galpão. Em breve ele reencontraria Timothy.

– Chefe, já estamos no local – informou o guarda, aquele que tinha visto o Senhor Louco correndo. – O que fazemos com o visitante?

Timothy foi rápido em responder.

– Leve-o para conhecer o nosso laboratório – disse Timothy. – Acho que ele vai ficar orgulhoso ao ver como evoluímos enquanto ele se escondia.

– Certo, chefe. – O guarda se despediu e então se virou para o Senhor Louco. – Vamos, velhote. Você ouviu o chefe.

O Senhor Louco estava solto, era realmente um visitante. Poderia até tentar fugir do guarda, mas observou bem e notou que o capanga estava armado. Não seria bom arriscar. Sendo assim, o velho ficou em silêncio e obedeceu ao guarda.

Ele olhou para o velho galpão em que estava prestes a entrar.

Muitas lembranças ruins lhe vieram à mente.

Onze

VIVIAN

Vivian não sabia ao certo o que a tinha feito tomar a decisão de ajudar o garoto, mas sabia que as consequências pelo seu gesto heroico seriam as mais severas. Duds sempre a observava com atenção especial, pois todos diziam que Timothy tinha certa "afeição" pela garota. E havia uma boa razão para esses boatos

A menina era incrivelmente linda. Parecia ter sido materializada diretamente de um conto de fadas. Mas Vivian era muito real e tinha realizado o sonho de todas as garotas de Imaginetrium: ela fora de fato namorada de Timothy. Apesar de ter apenas dezesseis anos, nem o maior astro teen do Mundo dos Sonhos resistira ao seu charme e beleza. Na verdade, Vivian chegou a enlouquecê-lo.

Timothy era muito possessivo em relação a ela. Não aceitava que a namorada fosse independente. Não aceitava que ela andasse sozinha pelas ruas. Era um ciúme doentio. No começo, Vivian aceitou aquilo; estava certa de que vivia o sonho de qualquer garota. Mas aquele sonho foi aos poucos se revelando o pior dos pesadelos. O tempo passou e tudo só se agravou, logo ela não po dia mais ver a família, só podia estar ao lado do namorado, tinha que viver em função de Timothy. Em outras palavras, ela estava presa a um relacionamento abusivo.

Obviamente, um dia, Vivian se cansou de tudo aquilo. Não queria viver sua vida em função de alguém. Queria viver para si. Mas terminar aquela relação não foi nada fácil. Timothy não estava acostumado a ser dispensado e, por ter o orgulho ferido, decidiu que a namorada ficaria presa a ele, literalmente. Isso causou uma tremenda confusão entre o casal e Timothy chegou a agredir Vivian. Ela, buscando se defender, acabou materializando uma faca, o que só serviu para estimular a fissura de Timothy, afinal, a garota, além de linda, era também a Materializadora mais velha que ele conhecera.

Vivian não se deu bem na briga e acabou sendo capturada pelo ex-namorado. Ela foi levada até ali para participar de experimentos e foi depois disso que ela descobriu o quão doente Timothy era. Vivian nunca o perdoou pelo que fez com ela, mas o que mais a irritava era ver todas aquelas crianças no laboratório sendo tratadas como verdadeiras cobaias. Aquilo era inaceitável.

O pior era que, toda vez que ela tentava salvar alguma criança de um choque ou algum tipo de tortura, Vivian acabava chamando a atenção para si e terminava sendo castigada. Exatamente como estava prestes a acontecer naquele momento.

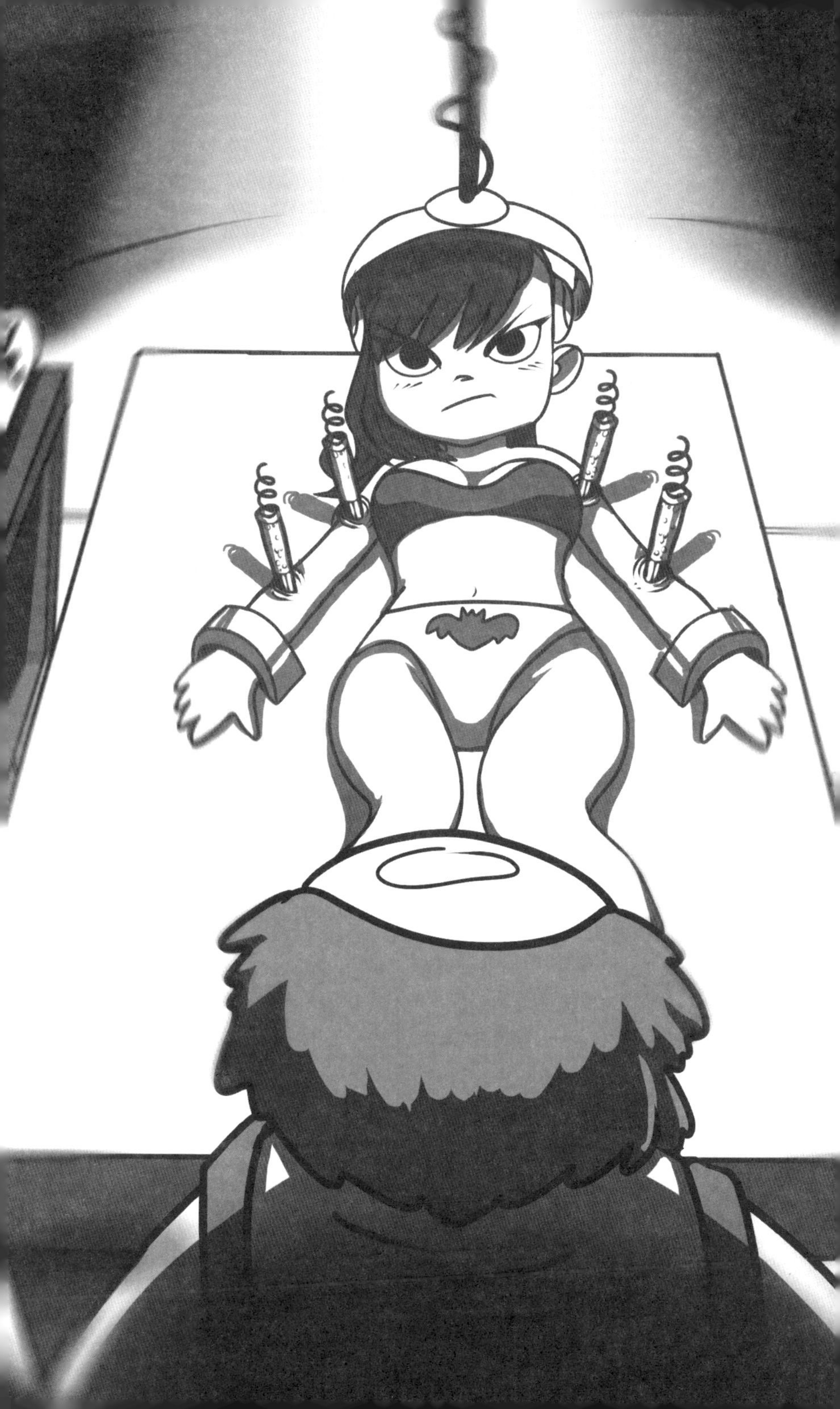

— Timothy vai ficar tão feliz em saber que você acordou — exclamou Duds. — Você sabe o quanto ele gosta de você, não sabe? Você o deixa louco!

— Todos vocês aqui são doentes — disse Vivian, séria. — Não preciso deixar nenhum de vocês louco...

— Ora, bonitinha — O homem se aproximou ainda mais dela, a ponta de seu nariz quase tocando o dela —, se não tivesse a proteção de Timothy, nunca teria coragem de falar assim comigo.

Em resposta, Vivian cuspiu no homem, o que o deixou louco. Era a segunda cusparada que ele recebia de cobaias em poucos minutos.

— Bem, não posso lhe causar danos físicos. Timothy não me perdoaria se eu riscasse seu brinquedo, mas posso machucá-la de uma maneira bem pior, lembra-se? — provocou Duds. — Da última vez você acabou dormindo por horas e horas...

Aquilo realmente fez Vivian estremecer. As sessões de choque eram muito dolorosas, mas nada se comparava à tortura mental. Você podia ficar atordoado por dias. Diante daquela ameaça, Vivian teve que ceder.

— Me desculpe, senhor. — De repente, voltou a parecer criança. — Me castigue, se quiser, mas não mexa nas minhas memórias...

Duds acabou rindo diante daquela cena.

— É muito fácil amansar você, não é mesmo? — perguntou o homem. — Sabe que não posso machucá-la. Timothy não me perdoaria, mas a pior ferida é aquela que não é exposta, não é? Lembra-se da última vez que mexi na sua cabeça? Como ela poderia se esquecer? O BCI acessava os sonhos das pessoas para apagá--los. Na tortura mental, o método de acesso aos sonhos era o mesmo. Mas apagar os sonhos era leve se comparado à tortura. Na tortura, os sonhos também eram invadidos, mas, ao invés de apagados, eles eram alterados. Os sonhos eram transformados em pesadelos. Pode parecer algo pequeno, afinal, para uma pessoa normal, pesadelos são apenas sonhos ruins. Mas os Materializadores eram intimamente ligados aos sonhos, o que acontecia nos pesadelos era muito real para eles e, em alguns casos, isso podia deixá-los atordoados por dias.

Na última vez em que Vivian fora torturada, um jantar feliz com a família tinha se transformado numa verdadeira matança. O pai ficara louco e tentara matar Vivian e sua mãe. O pior é que ele tinha conseguido assassinar a mãe e Vivian assistira a tudo. Aquilo a deixou extremamente abalada, demorou dias para ela aceitar que havia sido apenas um pesadelo.

Sendo assim, ao ouvir Duds falar de novo sobre a tortura, Vivian teve que baixar a cabeça e implorar.

— Não, senhor! — implorou. — Eu faço qualquer coisa, por favor! Prometo me comportar. — Lágrimas começaram a rolar pelo rosto da garota. — Faço qualquer coisa, juro!

Aquilo divertiu muito o homem. Duds deu uma de suas gargalhadas psicóticas e por fim acabou sorrindo. O sorriso dele expressava pura malícia e maldade.

– Qualquer coisa? – perguntou ele.

Ela sabia das intenções do homem. Era impossível dizer o quanto tinha nojo dele. Qualquer um teria nojo dele. Tudo o que ela queria era se soltar dali e matá-lo, mas essa não era uma opção.

Vivian se viu forçada a assentir, mas felizmente foi salva. Dois homens entraram na sala e interromperam a barbaridade que estava prestes a acontecer. Um deles era bem velho e magro, Vivian nunca o tinha visto antes. Não devia ser um dos capangas do ex-namorado.

Doze

SENHOR LOUCO

Não havia palavras para descrever as emoções que tomaram conta do Senhor Louco ao entrar no laboratório. Era como retornar a um pesadelo. Entre tantos sentimentos, um se destacava: a vergonha. Vergonha de um dia ter feito parte daquilo, de ter sido o principal cientista daquele laboratório.

Não era justo dizer que o Senhor Louco era um torturador como Duds em sua época; todos os experimentos eram realizados com voluntários, ninguém era forçado a nada. Mas ainda assim ele se culpava por aquilo em que o laboratório havia se transformado.

O coração doía, parecia estar sendo esmagado ao ver todas aquelas crianças em estado vegetativo. Todas elas vítimas de uma ambição sem sentido algum.

Mais alguns segundos observando o seu entorno e o Senhor Louco provavelmente cairia no choro, mas, de repente, avançava correndo em sua direção um homem feio, baixo e gordo, que instantes antes estava extremamente próximo de uma garota linda.

– O que esse mendigo está fazendo no laboratório? – perguntou Duds ao guarda. – Agora estão deixando qualquer um entrar? Estava prestes a começar um novo experimento com Vivian!

O Senhor Louco olhou para Vivian e notou que a menina ainda chorava. Teve que se conter para não socar a cara gorda do capanga.

– Duds, fique calmo – pediu o guarda. – Foi o próprio Timothy quem pediu para eu trazer o velho aqui. – O guarda olhou para o Senhor Louco com um semblante de dúvida no rosto. – Timothy disse que gostaria que o velho visse o quanto evoluímos enquanto ele esteve fora...

De repente, a expressão de Duds se transformou; não parecia mais ter raiva do visitante. Na verdade, parecia muito feliz e até admirado com o que via. A reação era semelhante à de Anthony e Edgard quando encontraram Timothy, quando ainda nem imaginavam que o ídolo era um criminoso.

– Não pode ser... – disse Duds. – Este é o homem que criou todos os nossos aparelhos. Ele é o responsável por sessenta por cento do que se sabe sobre a materialização.

– Legal – disse o guarda; era evidente que não se importava com nada daquilo.

– Eu conheço toda a sua história! – continuou Duds, agora dirigindo-se diretamente ao Senhor L. – Sei que você sumiu de repente. Deixou todos os seus trabalhos e estudos para trás...

– Só que, quando eu trabalhava, não sequestrávamos crianças para depois torturá-las – respondeu o velho, seco. – Queríamos entender o poder dessas crianças, e não roubar isso delas.

Duds enrubesceu de imediato.

– Nós não torturamos – disse Duds, demonstrando certa irritação. – Só usamos violência em último caso, quando elas não querem colaborar conosco. O que você faria?

– Primeiro de tudo, eu não tiraria essas crianças dos pais. Se elas estivessem aqui, estariam como voluntárias – respondeu Senhor Louco. – Acho que, se tivesse passado mais tempo com sua mãe, você não seria assim.

Duds deu um passo para a frente, se aproximando do velho para encará-lo.

– Assim como? – perguntou, o rosto parecendo um pimentão de tanta raiva.

– Doente e perturbado – respondeu o velho, sem titubear.

Duds ergueu o braço, pronto para acertar o Senhor Louco com um cruzado. O velho apenas o encarava, instigando-o a agir. Mas, poucos instantes depois, o guarda se meteu entre os dois homens e começou a apartar a possível briga.

– Calma aí, pessoal – falou o guarda, virando-se para o Senhor Louco. – Acho melhor eu levar você ao escritório do chefe.

– Timothy me mandou aqui para ver o laboratório – lembrou o idoso –, e não saio daqui antes de fazer isso.

– Certo – assentiu o guarda. O respeito do homem indicava que ele realmente acreditava que o Senhor L era alguém muito importante.

Edgard e outras crianças devem estar aqui em algum lugar.
Então o velho começou a andar pelo galpão à procura de Edgard e das outras crianças. E, infelizmente, não precisou de muito tempo para encontrá-las, pois percebeu que elas estavam espalhadas por todo o galpão, presas em macas, e, em uma primeira olhada, somente pela tonalidade da pele e pela magreza delas, o idoso pensou que todas estavam mortas. Diante disso, o Senhor Louco sentiu ainda mais raiva de Timothy e, ainda mais preocupado, continuou a procurar por Edgard; torcia para encontrá-lo vivo e bem. Depois de alguns segundos de caminhada pelo laboratório, o velho finalmente o encontrou; o garoto não estava tão pálido nem mais magro do que o velho se lembrava, só estava sem roupas e com uma ferida enorme na cabeça. Sem dúvida tinha recebido uma bela pancada ali, mas parecia vivo. Solidarizado com a imagem do garoto preso e adormecido, o melhor que o Senhor Louco pôde fazer foi prometer a Ed em voz baixa:

– Tony está a caminho. Nós viremos salvá-lo, juro por tudo que mais amei. – Depois disso, o velho foi até o guarda e forçou um sorriso. – Estou pronto para o meu encontro com o seu chefe.

– Vamos indo então – disse o guarda. – Até mais, Duds. – O gordo não deu resposta.

– Você deve estar ansioso para falar com Timothy – continuou o guarda, enquanto ia guiando o Senhor Louco para fora do laboratório. – Ele é um grande homem. Uma celebridade.

Estou ansioso. Tenho que ensinar algumas coisas a Timothy.

Treze

ANTHONY

A trilha de barro era mais longa do que Anthony imaginara. Após ter andado por cerca de quarenta minutos, não havia nenhum sinal do tal galpão velho. Não havia nada além da floresta ao seu redor. Mas, pelo menos, Tony sabia que seguia a trilha certa, pois em nenhum momento a estrada se bifurcara. O carro só podia ter seguido aquele caminho.

Se o cansaço fosse a única adversidade, seria ótimo. O pior problema era o cansaço somado à fome. Anthony mal podia se lembrar da última vez que tinha comido. Suas forças se esvaíam. Ele até pensou em materializar algo para comer, mas recordou-se do que aprendera com o Senhor Louco: isso só enganaria a fome. *Como sinto falta dele, aprendi tanto em tão pouco tempo.*

Não suportando mais a fome, Anthony decidiu entrar na floresta para procurar algo que fosse comestível. Felizmente, não foi preciso muito tempo para que ele encontrasse uma fruta, era bem diferente de qualquer fruta que ele já vira, a casca era azul, mas parecia realmente saborosa. Cedendo à fome e ao cansaço, Anthony se sentou para comer e descansar as pernas.

O fruto azul comprovou ser realmente gostoso, era estranho que nunca tivesse se ouvido falar dele. *Talvez ele seja encontrado só nesta floresta.* Anthony deu mais uma olhada ao redor, algo ali o deixava inquieto. Aquela mata parecia não estar satisfeita com a presença dele ali. Era realmente muito estranho. Tudo ali era estranho.

Como será que o Senhor Louco conheceu esse lugar?

Anthony começou a se lembrar de tudo o que tinha passado ao lado do velho nas últimas horas. O Senhor Louco tinha se mostrado um verdadeiro *expert* em materialização e também sabia muito sobre a Máfia e Timothy. Tony sabia que aquelas coisas não eram encontradas em livros, então como é que o velho sabia de tanta coisa?

E, como se as coisas pudessem ficar ainda mais estranhas, Tony se lembrou do que Timothy dissera ao guarda através do rádio: "Eu espero a visita dele há anos...". O que significaria aquilo?

Talvez o Senhor Louco seja algum desertor da Máfia que Timothy perseguia há tempos. Não seria estranho se ele fosse algum ex-cientista, isso explicaria por que ele entende tanto sobre materialização... Bem, seja qual for a história do Senhor Louco, tenho que encontrá-lo.

Tony não tinha noção de quanto tempo ficara sentado, mas suas pernas já não estavam mais tão doloridas. Por precaução, o garoto decidiu pegar mais um daqueles frutos azuis. Depois disso, com as energias renovadas,

Anthony voltou a seguir a estrada de barro. E dessa vez ele teve boas surpresas.

Após caminhar por pouco mais de meia hora, Anthony avistou um grande galpão pouco mais adiante na estrada. Seu coração acelerou imediatamente e agora ele tinha certeza de que os amigos estavam por ali.

Quando Tony finalmente chegou aos arredores do galpão percebeu que a maior dificuldade não havia sido chegar até ali, seu maior obstáculo seria, sem dúvida, entrar naquele galpão. Todas as portas eram vigiadas por guardas. Só entrava no lugar quem tinha autorização e para isso era necessário passar o polegar direito por um escâner biométrico. Como Tony não estava disposto a arrancar o dedão de um dos funcionários, teria que encontrar outra maneira. E talvez a melhor maneira estivesse bem acima da sua capacidade, ou, melhor, literalmente acima.

Anthony percebeu que toda a lateral superior do galpão era repleta de janelas. Em uma primeira olhada, chegar às janelas poderia parecer impossível, pois elas ficavam bem no alto, mas Tony logo pensou numa solução. Todas as árvores da floresta eram imensas, se ele conseguisse escalar uma árvore que fosse suficientemente próxima do galpão, ele poderia pular da copa para o telhado.

Mesmo não sendo um bom escalador, Tony não tinha outra opção. Algumas horas antes, jamais se imaginaria fazendo todas aquelas coisas, mas, felizmente, sabendo que tinha que salvar os amigos, Anthony não

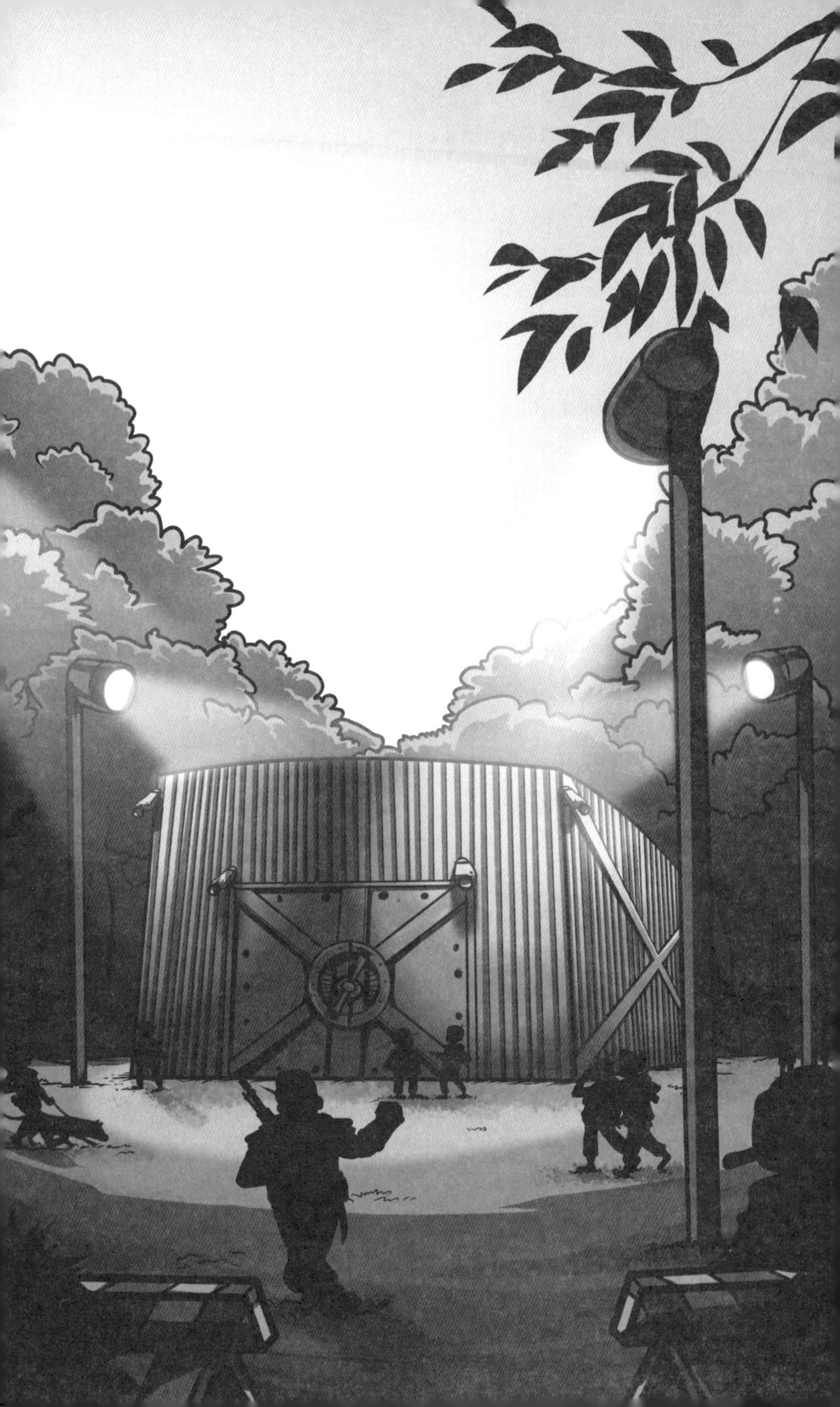

hesitou. Após escolher a árvore certa, com galhos grossos e próximos, Tony começou sua escalada e, tirando dois tropeços que quase o mataram, o garoto foi muito bem. Quando se esgueirou na janela mais próxima, já pronto para abri-la à força, Tony avistou, ali dentro, o Senhor Louco sentado sozinho em uma sala.

Mas, poucos instantes depois, Timothy entrou no aposento e se sentou em uma cadeira, ficando frente a frente com o idoso.

Anthony grudou o ouvido no vidro e começou a ouvir a conversa.

Em alguns segundos tudo passaria a fazer sentido.

Catorze

SENHOR LOUCO

Alguns anos antes, o Senhor Louco realmente estaria ansioso para ver Timothy mais uma vez. Anos antes, o idoso acreditaria que Timothy fosse mesmo capaz de mudar, mas depois de ficar sabendo dos sequestros de crianças, e de ter visto o laboratório, que mais parecia um centro de tortura de crianças, o Senhor Louco tinha certeza de não haver mais salvação para Timothy. O homem à sua frente não tinha nada a ver com a criança gentil que ele conhecera, não havia sequer vestígio de bondade nele.

O idoso foi tomado por uma imensa vontade de chorar; seus lábios começaram a tremer e ele sentiu vergonha de si. Não chorava por Timothy. Não por aquele Timothy, pelo menos. Chorava de saudade do bom filho que Timothy um dia fora. O filho que, por mais que tentasse negar, o Senhor Louco nunca deixara de amar.

"Tony, eu amei tanto alguém. Amei a ponto de depositar todos os meus sonhos nessa pessoa. Todos os meus sonhos *eram* para essa pessoa, na verdade...".

O Senhor Louco não tinha mais a firmeza de momentos antes, quando enfrentara Duds. Sentia-se como se fosse esfaqueado por dentro, cada segundo de frente para aquele homem estava sendo muito doloroso, e essa dor se intensificou ainda mais quando Timothy disse suas duas primeiras palavras:

– Oi, papai.

Agora era ainda mais difícil segurar o choro; algumas lágrimas escaparam.

– Você não é meu filho – disse o velho, com esforço.

– Claro que sou, pai! – Timothy esboçou um sorriso e inclinou o corpo para a frente a fim de se aproximar do velho. – Fui batizado em sua homenagem, não se lembra? Sou o Timothy Júnior, e você é o Grande Timothy!

Como poderia esquecer? Por sua causa deixei de usar meu nome, pensou o Senhor L.

– Meu nome é Louco – respondeu com firmeza.

Timothy ficou sem reação por alguns instantes, mas depois caiu na gargalhada.

– Louco? – indagou, quase chorando de tanto rir. – Seu nome só pode refletir o seu estado interior! – Por alguns instantes houve silêncio, até que Timothy recuperou o fôlego e prosseguiu: – O que achou do nosso laboratório? O que achou de tudo o que criamos depois de ter nos deixado? – a raiva na última frase era evidente.

– Acho que você se esqueceu do que realmente fazíamos quando criamos isto aqui – respondeu o Louco.

– Era para ser o Instituto para Crianças Materializadoras! Era pra você ser um modelo para as crianças, Timothy, mas, em vez disso, você se juntou ao BCI e criou a Máfia! – O velho chegava a gritar de raiva; agora as lágrimas rolavam soltas pelo seu rosto. – Tenho vergonha de ser seu pai!

Em seguida se ouviu um estalo. Tão alto como uma palma.

Alto como a palma da mão de Timothy no rosto do próprio pai.

Depois, Timothy se afastou receoso e se sentou novamente; parecia envergonhado do que acabara de fazer, então começou a gritar:

– Você tem vergonha de mim? A mamãe nos deixou por sua causa e só eu fiquei ao seu lado. Você ia nos matar de fome com suas pesquisas! Ainda bem que *EU* agi! Eu é que devia ter vergonha de você!

– Sua mãe teve sorte de não ver o monstro que você se tornou, Timothy – respondeu o velho, o desgosto expresso em sua voz.

Por um segundo o Louco achou que fosse receber mais um tapa. Timothy estava vermelho de tanta raiva, mais uma vez ele tinha se levantado da cadeira e partido em direção ao pai, mas algo o conteve e um sorriso doentio tomou os seus lábios.

– Espero que você aproveite sua estadia aqui, papai – disse. – Não vou deixá-lo escapar desta vez. Pode se unir a nós na pesquisa ou pode ficar aqui apodrecendo no pouco tempo que resta dessa sua vida miserável. Eu me tornei grande, pai. Tão grande que seus olhos não podem me enxergar. Vou limpar o mundo, acabarei com todos os Materializadores. Se eles fossem conscientes, seriam um perigo para o nosso sistema.

Aquilo era muito estranho.

– Você é um Materializador, Timothy – disse o velho. – Pretende deixar o Mundo dos Sonhos?

Timothy pareceu ficar ainda mais nervoso; havia algo ali que o incomodava e, apesar de não ver o filho há anos, o Louco entendeu o que acontecia.

– O seu poder... Você não consegue mais materializar, Timothy? – perguntou. – Você tem sequestrado crianças para tentar achar um meio de tomar o poder delas? – Era só especulação, mas, pela reação de Timothy, parecia ser a verdade. – Tudo o que você faz na TV não passa de um show de efeitos especiais, não é? Você conseguiu toda a riqueza que queria, conseguiu tudo, e por isso deixou de sonhar, não foi?

Timothy pareceu abalado por um momento; virou as costas para o pai e foi deixando o cômodo sem dizer mais nada. Já do lado de fora, trancou a porta para prender o pai ali e se afastou.

Eu realmente criei um monstro.

Poucos instantes depois, o Louco voltou a chorar. Chorava pelo filho que nunca mais teria. Enxergou que fugira de Timothy todo esse tempo para evitar enxergá-lo como realmente era.

Da janela, Anthony tinha conseguido escutar toda a conversa perfeitamente. Ele sentiu pena de seu amigo Louco, uma pessoa tão boa não merecia passar por aquilo. Sem pensar duas vezes, Tony materializou um martelo, quebrou o vidro da janela e entrou no cômodo. A princípio, o Senhor Louco saltou de susto, mas, quando avistou o garoto, sorriu.

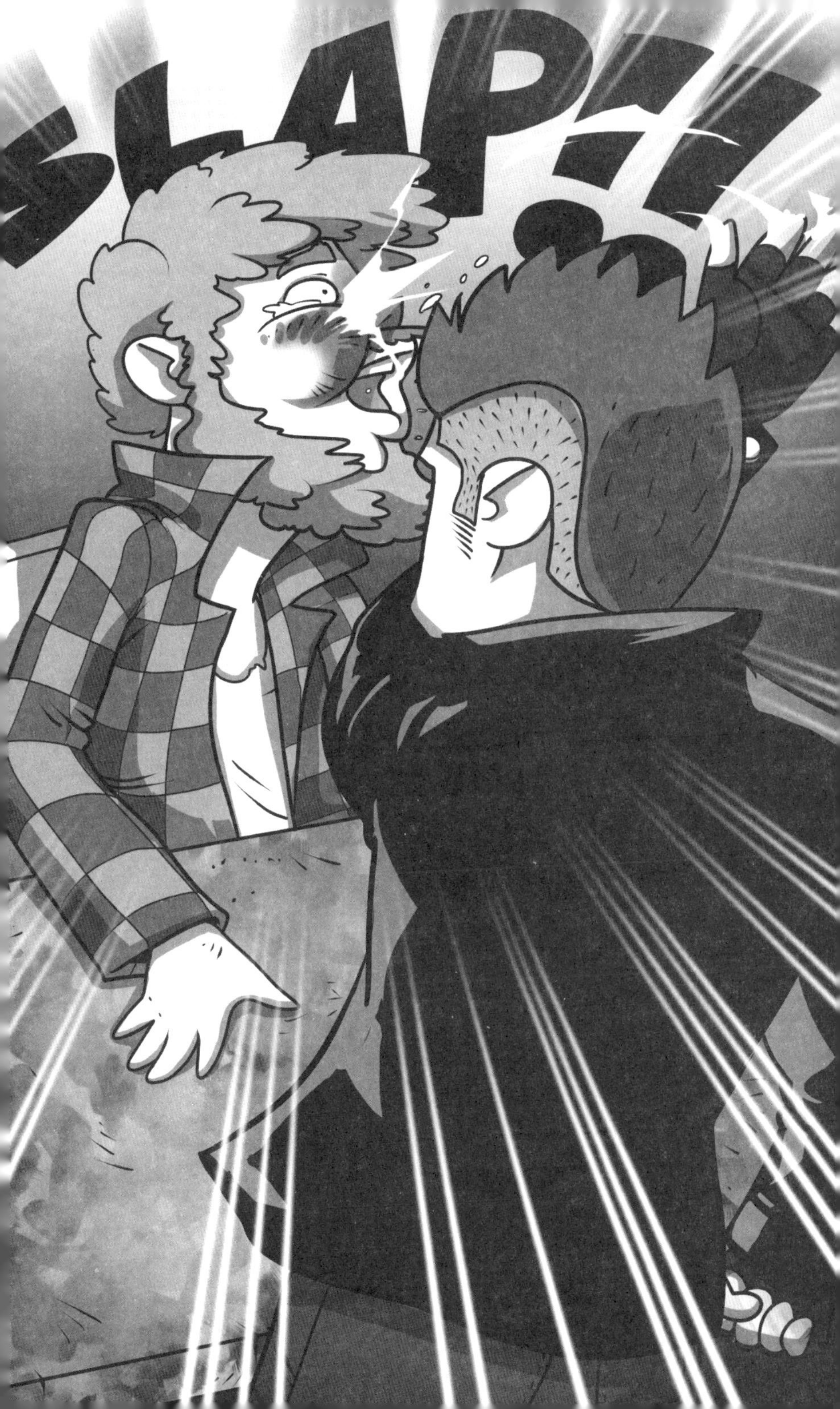
SLAP!!

Quinze

EDGARD

A fome tinha passado quando Edgard voltou a abrir os olhos. Provavelmente, tinha sido alimentado por uma sonda ou algo do tipo. O importante é que não sentia mais fome; sentia-se forte novamente, embora ainda assustado. Olhou ao redor e não viu sinal algum de Duds nem de outro capanga, então aproveitou para chamar a garota que o havia salvo antes.

– Ei, você – chamou Ed. – Menina!

Vivian reconheceu a voz do garoto e abriu os olhos. Edgard esperou que ela estivesse brava com ele, mas, para sua surpresa, a garota esboçou um amável sorriso ao vê-lo.

– Que bom que você está bem – disse ela. – Fiquei com medo de que ficasse vegetando por algum tempo.

– Estou bem graças a você – respondeu Ed. – Por que decidiu me ajudar? Você nem me conhece...

A menina sorriu ainda mais.

– Eu achei você teimoso e durão – disse Vivian. – Isso me faz lembrar muito de como eu era, para o seu azar.

Edgard também não pôde deixar de sorrir. Era impossível ver Vivian sorrindo e não sorrir de volta, ela era incrível.

– Mas... como você sabia que ele não ia machucar você?

– Não tinha certeza... – respondeu a garota. – Mas eu poderia causar sérios problemas a ele se me fizesse um arranhão.

– Como assim? – indagou Ed.

– Nada. Deixa pra lá – disse ela. – Qual o seu nome?

– Edgard.

– É um belo nome.

– E o seu?

– Vivian.

Vivian... Qual será o seu segredo? Por que Duds teria um problemão se machucasse você?

Apesar da curiosidade, era evidente que a garota não ia mudar de opinião tão facilmente, por isso, Ed deixou o assunto de lado. Sabia que outras coisas mais importantes precisavam ser discutidas.

– Sabe como fugir daqui, Vivian? – perguntou.

Ela riu da pergunta, mas era um riso de raiva.

– Não há como fugir daqui – respondeu ela. – Ninguém nunca conseguiu. Poderíamos pensar em algo, mas pra isso precisávamos que alguém de fora nos solte.

E, mesmo que eu fugisse, teria que encontrar Tony... e provavelmente seria capturado antes de achá-lo.

Ao pensar em Tony, o coração de Ed fraquejou; faria tudo para saber como o amigo estava. Lembrou-se de que Tony estava ali por sua culpa. O peito se encheu de raiva, tanta, que ele acabou explodindo.

— MAS QUE DROGA! — exclamou Edgard. Até mesmo Vivian se assustou com o volume estrondoso.

— Fique quieto, Edgard! — pediu Vivian. Ela sussurrava, ao contrário dele. — Quer que Duds venha aqui?

Edgard sentiu o corpo estremecer ao ouvir o nome do capanga. Um desespero repentino tomou conta dele.

— Onde ele está? — perguntou.

— Eu não sei — disse Vivian; sua voz demonstrava uma falsa indiferença. — Ele deve ter ido se acalmar após ter sido desmoralizado por um velho...

— Por um velho? — Aquilo era muito estranho.

Então ele não é tão firme quanto quer transparecer...

— Pois é. Pelo que eu entendi, o velho trabalha ou trabalhou aqui.

Sendo assim, esse velho também não deve ser boa coisa.

Quando Edgard ia voltar a falar, alguns ruídos vieram da porta de metal. Alguém estava prestes a entrar no laboratório. Ed não sabia o que esperar, mas já estava acostumado a esperar pelo pior.

O melhor que posso fazer é fingir que estou dormindo.

Dezesseis

ANTHONY

— Vamos, Senhor Louco. — O garoto ia puxando o idoso pela mão. — Esse lugar é imenso e precisamos encontrar o Ed. Sabe-se lá quanto tempo...

— Eu sei onde encontrá-lo — interrompeu o velho. Ele foi tomando a frente e em seguida se virou para Tony. — Precisamos ficar em silêncio absoluto, tudo bem? — As rugas do rosto dele expressavam sua preocupação. — Se nos pegarem, eles não vão hesitar em atirar.

Anthony queria fazer muitas perguntas, mas apenas assentiu.

Sair do cômodo foi extremamente fácil, Anthony não teve dificuldade em materializar uma chave para abrir o escritório de Timothy. Os corredores estavam todos vazios. Na certa, para manter maior sigilo, não havia muitos funcionários ali; caminhar sozinho pelos corredores devia ser algo muito comum.

Dentro daquele galpão, o que mais deixou Anthony impressionado foi a tecnologia, sem dúvida alguma. As paredes do lugar não eram de madeira ou concreto, eram telas sensíveis ao toque. E todas as telas tinham algo em comum: transmitiam matérias sobre Timothy. Aparentemente, o astro teen gostava de se ver por onde andasse.

Colocar espelhos pelas paredes seria mais prático e barato, pensou Anthony.

– Ele gosta de manter o ego inflado – sussurrou o Senhor Louco, como se tivesse lido os pensamentos de Anthony. Por um segundo o garoto pensou em questionar a veracidade daquela informação, então lembrou que o velho a sua frente era, na verdade, pai de Timothy. *Um bom pai deve conhecer bem o seu filho.* De alguma maneira, Tony sabia que o Louco devia ser um pai incrível.

Quando estavam prestes a adentrar outro corredor, o Louco parou. Ele se virou para Anthony e fez um gesto para que o garoto ficasse em silêncio. Segundos depois, podiam-se ouvir passos. Passos pesados e que se aproximavam. O Senhor Louco fez outro gesto, desta vez pedindo calma, e, cuidadosamente, foi esticando o pescoço para ver se conseguia enxergar algo. Pela sua reação, Anthony sabia que ele tinha visto alguma coisa, pois deixou toda a pose de espião de lado e foi caminhando às pressas na mesma direção dos passos.

Timothy? Será que ele conhece até o som dos passos do filho?

Mas não era Timothy. O garoto seguiu o amigo e percebeu que ele ia em direção a um homem baixo, gordo e feio que, para ele, era um completo desconhecido.

– Mendigo? – indagou o desconhecido; sua voz demonstrava um misto de apreensão e surpresa.

– Saiba que quis fazer isso logo que o vi perto daquela garota, olhando-a como se fosse um pedaço de carne – disse o Louco.

E então veio a surpresa.

O Senhor Louco acertou o homem com um belo cruzado. O soco foi bem na altura do nariz e deve ter partido os ossos em no mínimo três pedaços. Anthony jamais iria supor que os braços franzinos do velho pudessem esconder tanta força. *Eu não entender não quer dizer que não faça sentido,* lembrou-se e não conteve um sorriso.

Aquele soco já havia sido um espetáculo por si só.

Mas a reação do desconhecido foi simplesmente hilária. Após cair no chão, ele simplesmente se encolheu em um canto, abraçou os próprios joelhos e começou a chorar. Chorar muito, a ponto de soluçar.

– Não me machuque – implorou o homem, em meio a lágrimas e soluços. – Pode ficar com o meu dinheiro. Eu não ligo!

– Você é completamente perturbado... – O velho ergueu o homem pelo colarinho do jaleco e o pressionou contra a parede. – Você vai conosco em silêncio até o laboratório e vai colocar sua digital no escâner para entrarmos, entendeu? – Não houve resposta. – Se preferir, posso arrancar sua mão e usar o seu dedo... Aí você pode ficar aqui quietinho, melhor assim?

— Não, senhor! — implorou o homem. — Eu vou com você! Eu vou!

— Foi o que pensei! — sorriu o velho, que, em seguida, virou-se para Tony. — Peço desculpas pela minha grosseria, mas espero que entenda que não estou lidando com um homem... e sim com um porco. — O velho largou o colarinho do jaleco do homem e o empurrou para o lado. — Vai na frente! E em silêncio.

Não tendo escolha, e ainda chorando um pouco, o homem obedeceu. Depois de percorrerem diversos corredores, acabaram chegando a uma estranha porta de metal. Era a única parte da parede que não era uma tela. Na lateral havia um escâner biométrico.

O homem pousou o polegar sobre o escâner e uma luz verde percorreu seu dedo duas vezes, em seguida ouviu-se um barulho estranho, como um "pi", e a porta começou a se abrir.

Anthony sentiu o coração apertar, sentia que Edgard estava logo do outro lado daquela porta. E sua intuição estava certa, no entanto, a cena não foi das mais alegres.

Era difícil abrir um sorriso em um lugar como aquele. Anthony se viu rodeado de equipamentos médicos e de corpos de crianças desacordadas. Passou os olhos por cada uma das crianças, até que finalmente avistou Edgard. O amigo também estava desacordado, pelo menos era o que parecia. O desespero bateu junto com a vontade de chorar e, em um misto de sentimentos, Anthony deixou todos para trás e foi correndo até o corpo do amigo.

– Edgard – exclamou Tony. As lágrimas estavam prestes a rolar, mas isso não seria necessário.

Ed reconheceria aquela voz em qualquer lugar do mundo.

– Anthony? – perguntou Ed, e, ao abrir os olhos, viu o amigo a seus pés. Dentro de seu peito, sentiu o coração saltar de alegria e, sem saber ao certo como reagir, tudo o que conseguiu foi fazer uma pergunta: – Como você escapou?

– Escapei de onde, Ed? – Anthony estranhou a pergunta do amigo.

– Como você escapou de Timothy, Tony?

– Nunca estive com Timothy – respondeu Tony, confuso. – Vi quando Timothy sequestrou você. Fiquei desesperado, não sabia a quem recorrer, até que o Senhor Louco se ofereceu para me ajudar! Ele sabe muitas coisas sobre materialização e...

– O Senhor Louco trouxe você aqui? O velho da cobertura? – interrompeu Edgard. Aquilo era mesmo bem estranho. Nunca tinham trocado muitas palavras com o velho.

– Isso mesmo, Edgard – disse o Senhor Louco; o velho ainda mantinha Duds próximo de si e foi se aproximando dos garotos. – Por motivos pessoais... eu quis vir para te salvar.

Normalmente Edgard teria ficado grato, mas, ao ver Duds ao lado do Louco, o desespero veio à flor da pele.

– O que estão fazendo com esse homem? – indagou, começando a se debater. – Não confiem nele! Se ele está aqui deve ser alguma armadilha!

Tanto Anthony quanto o Senhor Louco se viraram para encarar Duds; ambos esperavam uma boa justificativa para o desespero de Ed.

– Ordens... – gaguejou o homem, dando alguns passos para trás –, eu apenas sigo...

Antes que o capanga pudesse completar sua frase, o Senhor Louco o atingiu com outro cruzado de direita que pegou ainda mais em cheio que o anterior. Se ainda restava alguma parte do nariz de Duds para quebrar, ela se foi naquele momento. Edgard e Anthony ficaram maravilhados com o golpe e até soltaram um grito de surpresa que soava como "UAU".

– Mais uma vez, peço desculpas pela minha atitude, crianças – disse o velho. Ele olhava para o corpo caído de Duds com desgosto. – Mas esse homem me dá nojo.

– Senhor Louco, temos que fugir daqui! – lembrou Tony. – Alguém pode aparecer!

– Certo! – o idoso se virou para Duds e disse: – Solte o garoto. – O homem nem pensou, apenas obedeceu, com medo de tomar mais um soco.

Após Duds dar alguns comandos em um computador próximo a maca de Edgard, ele foi solto. Seus pés, já desacostumados, até fraquejaram ao tocar o chão, mas ele conseguiu manter o equilíbrio.

Anthony não esperou um segundo a mais e avançou para abraçar o amigo com força. Edgard quase tombou, mas correspondeu ao abraço.

– Muito obrigado, Tony – sussurrou Ed. – Não me perdoaria se algo tivesse acontecido com você... – O garoto começou a soluçar. – Timothy tinha me dito que você também estava preso. Fiquei com medo, Tony...

O coração de Tony apertou ao ouvir o tom de voz choroso do amigo. E, apesar de alguns dizerem que o melhor consolo está nas palavras amigas, Anthony apenas apertou o abraço. Isso era tudo o que Edgard precisava e ele sabia.

– Muito obrigado... – Ed ainda agradeceu mais uma vez antes de se separarem. Então, ao olhar ao redor, avistou Vivian: – Vivian, estamos salvos!

A menina, na certa, já ouvia toda a conversa há algum tempo; era bem atenciosa, mas estava com medo de tudo aquilo ser uma armadilha. Por isso, nem ela, durona como era, resistiu a abrir um sorriso ao ver Edgard solto a sua frente.

– Solte-a! – Ed ordenou a Duds ao se virar para ele. O homem hesitou por alguns instantes; pelo seu semblante era fácil ver que não estava nem um pouco feliz em receber uma ordem de um garoto que até pouco tempo atrás era seu prisioneiro.

– Solte-a – repetiu o Senhor Louco.

Duds deixou a hesitação de lado.

Os pés de Vivian também fraquejaram ao tocar o solo, e, como estava presa há muito mais tempo, ela caiu de joelhos no chão. Mas logo se levantou, o rosto levemente enrubescido pela vergonha do tombo com o qual, felizmente, ninguém pareceu se importar.

– Temos que ir – disse o Louco.

– Eu gostaria de me divertir um pouco com Duds primeiro – disse Vivian, e os olhos do homem imediatamente se esbugalharam de tanto medo. Ele foi recuando lentamente. – Acho que devo isso a ele. Quem sabe apenas alguns choques. O que acha, Ed?

Edgard estava pronto para aceitar, mas seus olhos se encontraram com os de Tony. Ele teria bastante prazer em devolver um pouco da dor que Duds lhe causara, mas...

– Se fizermos isso, seremos apenas tão medíocres quanto ele – disse Ed. Virou-se para Anthony e sorriu. – Deixa isso pra lá, Vivian...

A menina assentiu.

– Belas palavras. – Ela se virou para Duds e fez uma careta. – Não vou arriscar agir como você e acabar assim tão feio – provocou ela.

– Temos que soltar os outros – exclamou Tony.

– Não vai adiantar... – lamentou Vivian. – Esse covarde – ela apontou para Duds – fritou o cérebro deles.

Por alguns segundos todos ficaram em silêncio, como que em luto pelas demais crianças ali. *Um só cômodo e tantos sonhos perdidos*, lamentou Tony. Mas não havia tempo para lamentos.

– Como vamos sair daqui? – perguntou Ed. – Já pensaram nisso?

PUNCH

O Senhor Louco sorriu, mais um de seus sorrisos travessos, e apontou para a janela que ficava alguns metros acima do solo.

— Temos aqui uma janela e três Materializadores. Acho que podemos nos virar — disse.

Após Edgard e Vivian recuperarem suas roupas, deram início ao plano de fuga, que foi basicamente o mesmo que Anthony tinha utilizado para entrar no galpão, mas não precisou fazer esforço nenhum, pois agora havia a colaboração de outros dois Materializadores. Edgard materializou a escada para que todos subissem e Vivian cuidou de quebrar a vidraça. Como era de esperar, próximo à janela erguiam-se grandes árvores, e não tiveram dificuldade nenhuma em pular dali para a árvore mais próxima.

Tinham decidido deixar Duds para trás. O homem provavelmente faria corpo mole e os atrasaria durante toda a fuga. A princípio, consideraram tê-lo como refém, mas, depois de pensarem melhor, perceberam que o capanga não deveria ter valor algum para Timothy. Não seria inteligente comprometer toda a fuga por um refém sem valor. O problema é que, poucos segundos depois de terem fugido do laboratório, eles já puderam ouvir o chamado por reforços.

— FUGIRAM! — gritou Duds. — OS MATERIALIZADORES E O VELHOTE FUGIRAM.

Do lado de fora, os quatro se desesperaram.

– Eu sabia que devia ter dado mais um soco naquele gorducho – lamentou o Senhor Louco. – Agora temos ainda menos tempo para sair daqui.

– O que vamos fazer? – perguntou Vivian. Por ser quem tinha passado mais tempo trancafiada naquele laboratório, era quem estava mais desesperada.

O Senhor Louco pensou por alguns instantes, até que veio a grande ideia:

– Podemos pegar um dos aeromóveis que ficam na frente do galpão. O guarda que me escoltou até aqui deixou as chaves no contato. Talvez seja um costume para não perdê-las. – Ele pensou por mais alguns instantes. – Algum de vocês sabe como dirigir aquele *troço*?

Anthony e Edgard se entreolharam, ambos desesperados.

– Eu sei – disse Vivian. – Timothy me ensinou...

Nunca antes tinham sido tão gratos a Timothy.

O caminho até os aeromóveis não era longo. A maior dificuldade que tiveram foi descer da árvore, era meio de tarde e o calor estava escaldante. Além disso, o Senhor Louco não era jovem como os demais, mas mesmo assim demoraram apenas alguns segundos para chegar ao solo e, felizmente, o caminho todo ainda estava livre.

Na frente do galpão, apenas um guarda estava de vigia, os demais provavelmente tinham sido chamados para dentro para escutar sobre os fugitivos. Não foi difícil passar despercebido pelo guarda. Havia muitos carros estacionados ali, e eles pegaram o que ficava mais distante do capanga. Somente depois de todos estarem acomodados e Vivian ter dado a partida foi que o guarda notou a movimentação.

– AQUI! – gritou o guarda, que parecia estar todo atrapalhado. – ESTÃO FUGINDO EM UM DE NOSSOS VEÍCULOS.

Vivian manobrou o aeromóvel e saiu em direção à estrada de barro, no caminho para a estação de trem. Puderam ver pelo retrovisor a movimentação dos guardas em frente ao galpão, Timothy e Duds estavam entre eles.

– Agora é questão de tempo até que venham atrás de nós – disse Vivian. – Para onde devemos ir?

– Para a cidade – Tony se antecipou aos demais. – Lá é tudo movimentado. Não podemos contar com a polícia, mas podemos correr para a mídia! Temos que fazer isso antes que eles deem um jeito de abafar o caso. Temos que pegar todos despreparados.

Vivian olhou para o Senhor Louco, esperando uma confirmação, e o velho assentiu. Era a melhor opção que tinham. O velho olhou para o painel iluminado do carro, que era de última geração, sensível ao toque e respondia a comandos de voz, como um verdadeiro computador. *Não há dúvidas de que eles possam rastrear este veículo; temos que nos livrar disso o quanto antes,* pensou o velho, que preferiu manter aquilo em segredo para não desesperar ainda mais as crianças.

Pela primeira vez desde que tudo acontecera, Tony teve um tempo livre para colocar os pensamentos em ordem com clareza. Tinha conseguido salvar Edgard, tinha salvado o Louco e estavam fugindo da Máfia. Nem em seus melhores sonhos ele se veria capaz de tantas coisas. Um sorriso tímido se formou em seus lábios, um sorriso que pouco durou.

Minha mãe deve estar desesperada, pensou. Quando Fran estava brava, ela era ainda mais perigosa que a Máfia.

Dezessete

FRAN

Anthony tinha enfrentado maus bocados; passara por muita coisa que ele mesmo se julgava incapaz de suportar. Todos os seus limites tinham ficado para trás, tudo fora superado por uma amizade. E, se a amizade tinha todo esse poder, imagine o poder de uma mãe desesperada.

Só uma mãe mesmo para entender.

Fran não conseguia dormir, não conseguia trabalhar, a única coisa que ela conseguia fazer quando estava em casa era olhar para a porta. Por diversas vezes, tomada pelo cansaço, chegou a delirar e ver Anthony entrando em casa com seu sorriso gentil nos lábios, pronto para ajudar a mãe a preparar alguma refeição. Cozinhar era a terapia deles, era cozinhando que conversavam sobre os acontecimentos do dia, mas, infelizmente, as imagens de Tony eram meras ilusões.

O único sonho de Fran que nunca lhe fora arrancado era o de ver seu filho crescer. Tudo o que queria era ver Anthony se transformar no homem que ela sabia que ele podia ser. Fran era guerreira e, após ter entrado em contato com a polícia de Imaginetrium, não conseguiu ficar parada esperando por uma posição das autoridades. Por intermédio de uma amiga, a mãe de Anthony conseguira um horário para falar no maior telejornal do Mundo dos Sonhos; não falaria por muito tempo, mas era uma oportunidade que não podia deixar passar.

Naquele momento, Fran estava no estúdio da maior emissora de televisão de Imaginetrium, sentada de frente para Meria, que era considerada a melhor jornalista do Mundo dos Sonhos. Não havia palavras para descrever a magnitude de tudo aquilo.

– Tudo certo para entrarmos no ar? – perguntou Meria aos produtores do programa.

Um dos membros da equipe ajustou uma das câmeras, focando em Meria, e assentiu com o polegar direito. Após a confirmação, a jornalista se virou para Fran.

– Não fique nervosa – disse, com um amável sorriso nos lábios. – Estamos aqui para falar do seu filho e do seu sentimento como mãe, nada além disso.

Fran só teve tempo de assentir com a cabeça.

– Vamos entrar no ar! – gritou um dos produtores, a vinheta de abertura do telejornal ecoou pelo estúdio.

Meria se virou para uma das câmeras; aquilo já era natural para a jornalista. Ao fim da vinheta, ela começou:

– Boa tarde a todos! – Abriu um simpático sorriso, que logo se desfez, quando se virou para encarar Fran. Todas as câmeras acompanharam seus movimentos. – Hoje estamos aqui com Fran, mãe de Anthony. Seu filho está desaparecido por quase 24 horas e até o momento nada lhe foi dito. – A jornalista bebericou um pouco de água e continuou: – Boa noite, Fran. Tudo bem?

Perguntar para alguém se está tudo bem quando o seu filho está desaparecido é algo muito estúpido, mas Fran compreendeu a formalidade da jornalista.

– Boa noite, Meria – respondeu, com igual cordialidade. – Eu não estou nada bem. Fui até a polícia e parece que estão esperando o meu filho ficar desaparecido por mais tempo para que considerem o sequestro como hipótese. Até agora só me perguntaram se havia algum motivo para meu filho fugir de casa.

– Tenho certeza de que todas as mães estariam como você – disse a jornalista. – Deve ser muito perturbador ter alguém insinuando que seu filho fugiu, ainda mais quando esse alguém não sabe nada sobre sua família.

– Perturbador, no mínimo – concordou Fran. – Ainda mais considerando que dezenas de crianças estão sumindo nos últimos tempos e até agora nossa polícia não conseguiu resolver nenhum caso. Todas as crianças devem ter fugido, de acordo com a polícia.

Em um painel ao fundo do estúdio era possível acompanhar os índices de audiência do jornal, e, pouco depois de Fran concluir sua frase, eles tiveram um salto incrível. Ao fundo, os produtores comemoravam, ver alguém comemorando a audiência que seu filho desaparecido dava também era muito perturbador.

– Com certeza, você já falou com os amigos do seu filho, não é? – perguntou Meria, deixando toda a formalidade de lado por um instante. – Alguém deu notícias de Anthony? Sabe a última vez em que ele foi visto, qualquer coisa assim?

– Um dos amigos de Anthony, Edgard, também sumiu com ele – respondeu Fran; aos poucos ela ia perdendo a compostura, a voz tornando-se um pouco chorosa. – A mãe de Edgard deixou os meninos na sessão de autógrafos do Super Timothy e, depois disso, nenhum sinal dos garotos.

– Você chegou a falar com a assessoria de Timothy? Eles devem ter o controle de quem compareceu ao evento...

– Sim, eu falei. – Fran não aguentou mais segurar as lágrimas, mas isso não pareceu incomodá-la. – Eles me disseram que os garotos nunca estiveram lá – reconheceu com tristeza. – Mas a mãe de Ed me garantiu que deixou os meninos na fila! E eu confio nela, nos conhecemos há anos!

Meria ficou em silêncio por alguns instantes, se solidarizando com as lágrimas de Fran. A jornalista também era mãe e compreendia aquela angústia.

– Eu quero o meu bebê de volta – disse Fran, aos prantos. – Mas isso vai além de mim... E quanto a todas as outras crianças desaparecidas? Temos que exigir explicações. Isto é também por todas as outras mães e pela segurança de nossos filhos... Eu... Eu...

Fran já não estava mais em condições de falar; Meria percebeu isso e aproveitou para fazer a chamada para o restante do programa.

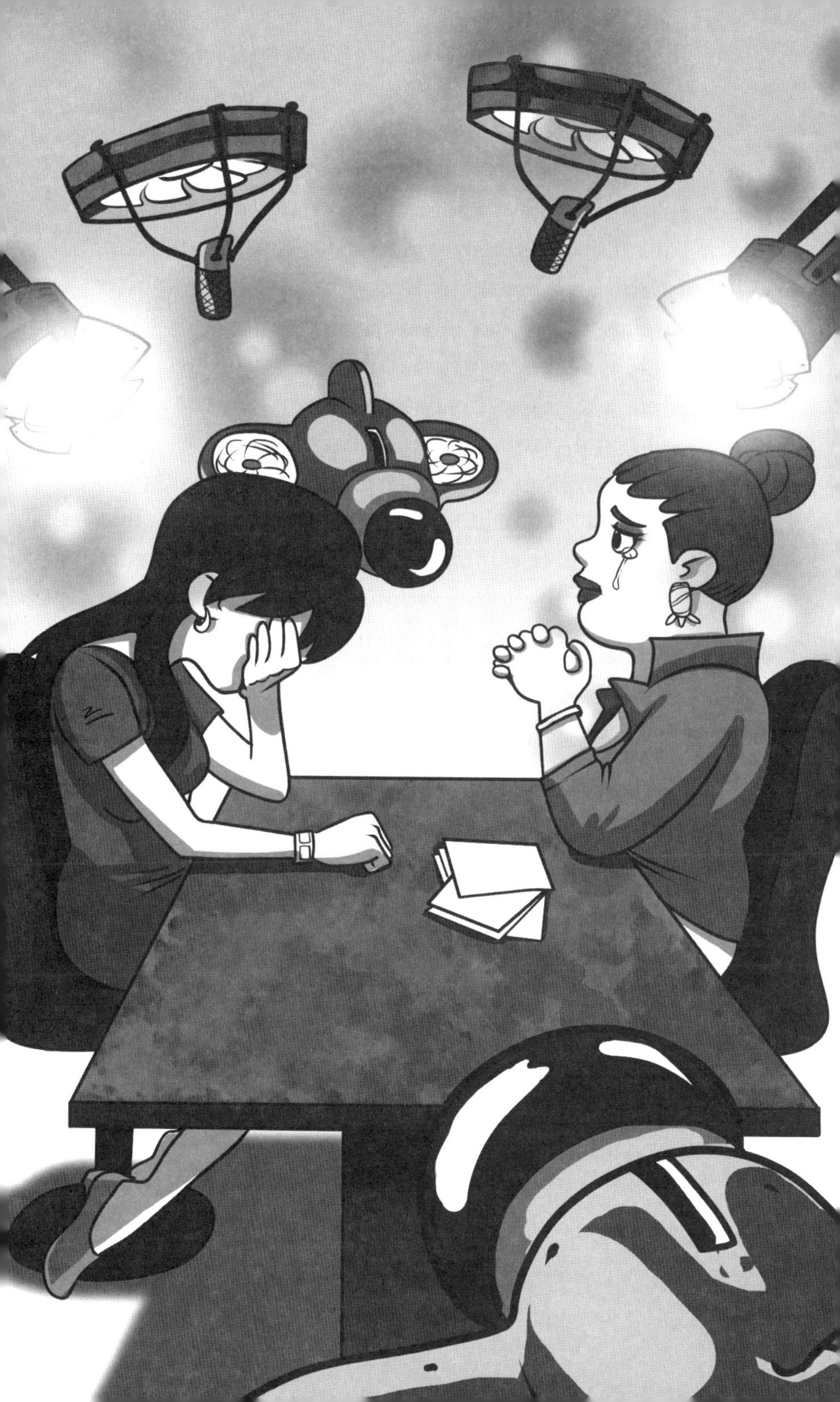

– No próximo bloco, nós vamos abrir os nossos arquivos e falaremos dos dez últimos casos de crianças desaparecidas em Imaginetrium. Conversamos com os pais, e vocês sabem o que todas têm em comum? – instigou a jornalista. – Descubra aqui hoje, após os comerciais.

Alguns segundos depois Meria se levantou e foi até Fran; ela se agachou, ficando de frente para a convidada.

– Farei o possível para ajudar você. Vamos passar a foto de Anthony e de Edgard diversas vezes durante o programa e colocaremos seu telefone para contato, pode confiar. – Com um lenço, ela limpou as lágrimas de Fran. – Tenho uma sobrinha que também desapareceu há algum tempo. Essa luta é de todas nós.

Fran só teve forças para assentir.

Não fazia ideia de como suas palavras tinham tocado diversas famílias. No dia seguinte, diversas mães iriam às ruas exigindo explicações, concentrando-se na frente da central de polícia de Imaginetrium.

Infelizmente, poucas teriam seus filhos de volta. A maioria das crianças já tinha sofrido morte cerebral por conta da ambição de adultos problemáticos.

Dezoito

TIMOTHY

Era difícil descrever os sentimentos de Timothy durante toda a confusão, mas o que predominava era a raiva, sem dúvida. Em uma tacada só a ex-namorada e o pai tinham escapado de suas mãos. Seus dois principais troféus tinham fugido juntos, e em um dos seus veículos! Era um desaforo difícil de suportar.

E aquele gorducho do Duds... Bem, não apenas ele, todos são culpados.

Ao olhar ao redor, Timothy só enxergava homens incompetentes; sentia vontade de despedir todos, só não o fez porque realmente precisava de ajuda para capturar os fugitivos. Não confiaria mais em nenhum de seus guardas para agir por conta própria, por isso decidiu liderar e formar a equipe de busca, contando com dois de seus guardas.

Para a perseguição, além de armas, pegaram o aeromóvel mais veloz de toda a Imaginetrium – um veículo que apenas o astro teen e a polícia do Mundo dos Sonhos tinham à disposição. Era projetado para se camuflar durante a noite, tinha um *design* esportivo, era todo preto e possuía um arranque inigualável. Era a melhor escolha para uma corrida, ou uma perseguição.

Mas, mesmo com o aeromóvel mais veloz de todo o Mundo dos Sonhos, Timothy sabia que, dependendo de para onde fossem os fugitivos, seria muito difícil alcançá-los, pois tinham alguns minutos de vantagem e um veículo também razoavelmente rápido. A esperança estava em pelo menos tê-los na mira.

Naquele momento, Timothy encontrava-se no banco do passageiro, observando no painel do veículo a posição dos fugitivos. Como já era esperado, todos os carros da Máfia tinham rastreadores.

– Eles estão seguindo a linha do trem – disse Timothy, mais para si mesmo do que para que alguém o ouvisse.

– Por que tanta preocupação, chefe? – perguntou o capanga que dirigia. – Podemos acompanhá-los pelo rastreador e nosso veículo é mais veloz, é questão de tempo para que os alcancemos.

Timothy não estava a fim de papo e teve que se esforçar para não explodir com o guarda.

Tenho que ser inteligente; preciso dele do meu lado, pelo menos por enquanto...

– O rastreador não vai adiantar de nada se eles abandonarem o veículo – respondeu com o tom menos rude que pôde. – Temos que estar na cola deles para nos prepararmos para uma possível perseguição a pé.

O guarda assentiu, e mais uma vez o silêncio tomou o ambiente. Timothy ficou grato por isso.

Depois de cerca de vinte minutos seguindo as coordenadas do rastreador, puderam ver a silhueta de um

VRUUUM!!

veículo logo à frente. Pelas coordenadas, sabiam que eram os fugitivos.

O capanga do banco de trás abriu o vidro e pôs metade do corpo para fora do aeromóvel, tentando ter uma visão melhor.

– Chefe, se quiser posso arriscar um tiro daqui, acho que consigo acertar – gritou o capanga.

– NÃO! – gritou Timothy em resposta, o desespero tomando sua face. – Você pode acertar Vivian!

O capanga que estava com metade do corpo pra fora se recolheu para dentro do aeromóvel e os guardas se entreolharam. Timothy notou o clima que ficou no ar e, com esforço, recuperou a postura.

– Ela é nossa principal cobaia – mentiu. – Foi com ela que obtivemos os melhores resultados. Apenas sigam o veículo, aos poucos vamos chegando mais perto.

Os homens engoliram a mentira e Timothy relaxou; segundos depois, alguém o chamou no rádio.

– Chefe? – a voz era de Duds.

– Na escuta – respondeu Timothy.

– Consegui separar as imagens que o senhor pediu.

– Certo. Envie-as para o veículo VJ360.

– Copiado – disse Duds. – Vou reproduzi-las no painel para o senhor.

Pouco depois, o painel deixou de mostrar a posição dos fugitivos e começou a transmitir as imagens do momento em que Anthony entrou no galpão até o momento da fuga.

– Eu não acredito... – sussurrou Timothy, reconhecendo o rosto de Anthony. – Foi esse moleque...

Meu pai me fez de palhaço pra ajudar esse moleque... Eu devia tê-lo prendido naquela maldita cadeira. Como pude acreditar que aquele velho ia voltar por mim?

A raiva voltou a tomar conta de Timothy; seu rosto ficou vermelho como um pimentão e tudo o que queria era estar frente a frente com o pai mais uma vez.

– Estão indo para a cidade – disse Timothy. – Atirem nas proximidades do carro, mas não o acertem! Vamos agitar um pouco as coisas – e esboçou um sorriso maldoso. *Pode esperar, papai. Vou te encher de orgulho.*

Dezenove

SENHOR LOUCO

– Que barulho foi esse? – perguntou Vivian, o desespero claro em sua voz.

– Foram tiros... – disse Edgard. – Estão atirando na gente!

Anthony ficou em silêncio, assustado demais para falar qualquer coisa. O Senhor Louco também ficou quieto, não por medo, pois sabia que os capangas de Timothy eram todos muito bem treinados. Não acreditava que o filho realmente estava tentando acertá-los, talvez Timothy só quisesse assustá-los, era o que parecia mais provável.

– Eles devem ter nos rastreado – disse Anthony, após ter saído do estado de choque. – Talvez devêssemos abandonar o aeromóvel...

– Não podemos fazer isso! – exclamou o Senhor Louco. – É o que querem que façamos! Vai ser fácil para eles nos alcançarem se estivermos a pé.

– Mas também não vamos nos livrar deles. Não com esse veículo rastreado – falou Vivian.

– Vamos abandonar o veículo assim que chegarmos à cidade – disse o velho, firmando o plano que já tinham combinado – É a melhor chance que temos. Como o aeromóvel é muito mais veloz que o trem, vamos chegar na cidade ainda esta noite. Lá vai haver movimento suficiente para nos misturarmos com os outros civis... Isso não nos dá garantia de que não vão nos pegar, mas pelo menos dificulta um pouco as coisas pra eles.

Houve silêncio após as palavras do velho. Diante do desespero, o silêncio era a melhor forma de assentir. Além do mais, ninguém tinha uma ideia melhor do que aquela.

Todos estavam muito apreensivos. O Senhor Louco conhecia o caminho para a cidade e guiava Vivian, que acelerava o máximo que o veículo permitia, mas, a cada meia hora, ficava mais fácil notar que a distância entre o aeromóvel em que estavam e o de seus perseguidores ia diminuindo. Eles estavam cada vez mais próximos.

Felizmente o Senhor Louco estava certo, o carro voador era muito mais rápido do que o trem que ele e Anthony tinham tomado. Após cerca de três horas de viagem, já era noite e estavam chegando a cidade. Já podiam ver todos os imensos prédios de Imaginetrium. Estacionaram na beira da estrada principal, que era encostada à cidade. Dali até o centro, levariam cinco minutos correndo.

Enfim era chegado o momento de abandonar o veículo e tentar despistar os perseguidores. A distância entre eles já tinha reduzido drasticamente, em questão de minutos Timothy e seus capangas estariam ali.

Vivian foi a primeira a sair do aeromóvel, ela ajudou o Senhor Louco e os outros a saírem. Ela era sem dúvida a mais ágil de todos eles. O Senhor Louco olhou para Anthony e sorriu, o garoto não pôde deixar de sorrir de

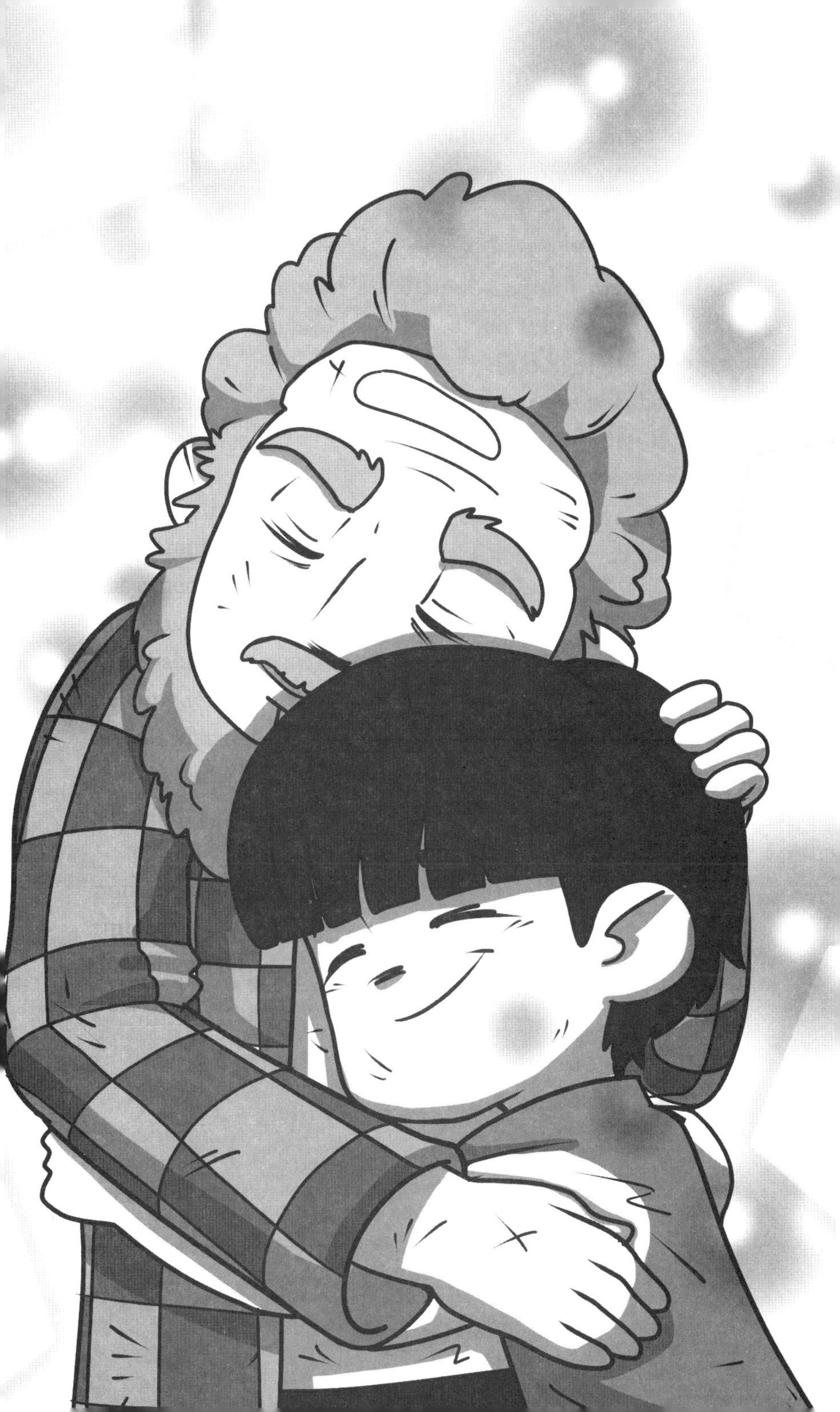

volta, tinham conseguido. Tinham conseguido juntos.
Sem dizer nada, o velho e Tony se abraçaram.

– Temos que ir. – Ela estava desesperada; a todo momento alternava o olhar entre os amigos e os perseguidores, e não se importou nem um pouco em interromper o abraço. – Vamos correr na direção das lojas, é sempre movimentado por ali.

Todos assentiram. Estavam ainda muito assustados, mas sabiam que tinham de agir. No entanto, um disparo deixou todos sem reação.

O disparo de uma arma.

Sangue jorrado na cara de Anthony, desespero no rosto de Edgard, e um grito saindo da boca de Vivian.

Vinte

TIMOTHY

Timothy observava seus algozes com atenção, da mesma maneira que um predador estuda a sua presa, apenas esperando o momento certo para atacar. Era certo que planejava alcançar os garotos sem precisar desperdiçar uma bala, isso teria sido ótimo, não teria chamado atenção de ninguém. Já eram experientes em perseguir crianças, afinal. Mas nada aconteceu como planejado.

Por um descontrole emocional, Timothy pôs todo o seu plano em risco.

Anthony já não era muito de seu agrado; ele era o responsável por estragar todos os seus planos. Aquela criança tinha sido capaz de passar por todos os seus homens e fugir com seu pai e sua ex-namorada, as duas únicas pessoas pelas quais ele guardava sentimentos. De alguma maneira, Timothy se sentiu trocado, e o ódio tomou conta dele ao ver o próprio pai abraçando aquele garoto.

Comemorando por ter feito o próprio filho de trouxa.

Timothy ficou vermelho de raiva. Todos os seus guardas notaram a ira em seu semblante e ficaram quietos; conheciam muito bem o chefe e sabiam do que ele era capaz. Naquele momento de fúria e ciúmes, Timothy mostrou mais uma vez toda a sua maldade ao tomar a arma de um dos seus capangas e atirar em Anthony, sem pestanejar.

Mas, para sua frustração, mais uma vez, nada aconteceu como havia pensado.

Seu próprio pai jogou o corpo na frente do garoto para protegê-lo. Timothy não fazia ideia de como o pai tinha pressentido o tiro, mas ele pressentira. A bala atravessou o corpo do Senhor Louco e quase acertou Tony depois.

Timothy tinha acabado de matar seu pai.

Em estado de choque, ele não conseguiu chorar; Anthony chorou por ele. O astro teen ficou imóvel enquanto Vivian e Edgard puxavam Anthony à força em direção à cidade. Timothy viu toda sua missão se perder e não se importou com isso; a imagem do corpo de seu pai caído era a única coisa em sua mente.

Pouco depois, seu aeromóvel estava estacionado ao lado do corpo do Senhor Louco. Não foi capaz de fazer nada. Seu ódio por Anthony apenas aumentou; de alguma maneira, na mente de Timothy, Tony também era o culpado pela morte de seu pai e, aos poucos, seus pensamentos voltaram a se coordenar.

– Peguem a menina e o outro garoto – ordenou Timothy aos seus guardas. – Não hesitem em atirar se for preciso. Eu pego o garoto do rosto ensanguentado...

Os homens obedeceram às ordens. Uma última vez, Timothy olhou para o corpo do pai, e em seguida saiu à procura das crianças. Ele ainda via perfeitamente a silhueta

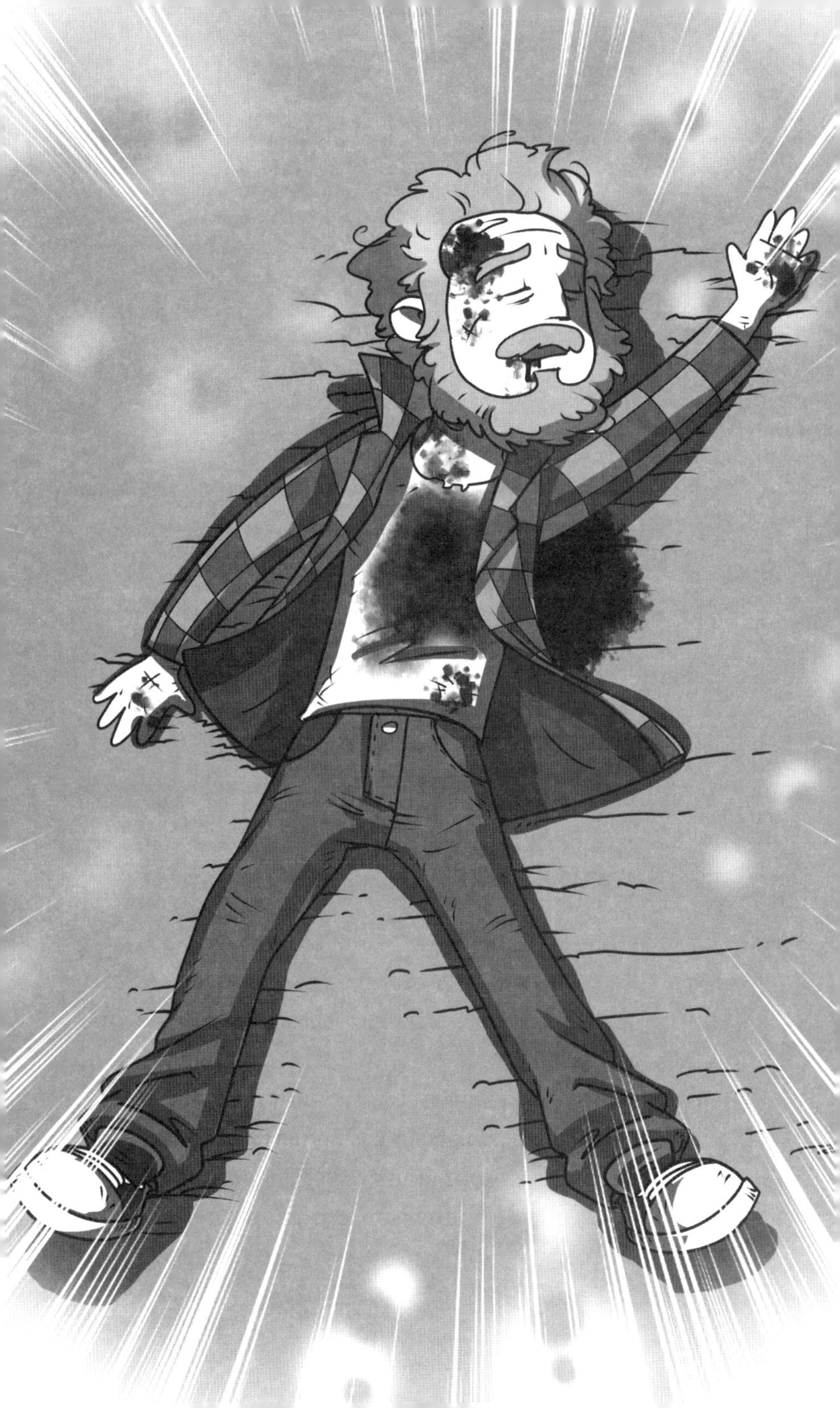

de Anthony alguns metros à frente e saiu correndo para tentar alcançar o garoto.

Se vou ser pego, preciso me certificar de arrastar esses três Materializadores para o inferno comigo.

Vinte e um

ANTHONY

Anthony corria.

Corria buscando o meio da multidão para poder se esconder, mas só o fazia graças a Edgard e Vivian, que o puxavam pelo braço. Se não estivesse quase sendo arrastado, Anthony estaria ajoelhado ao lado do corpo do amigo. O Senhor Louco tinha vivido quase exilado, enfrentando necessidades por não aceitar vender seus sonhos, deixando para trás até seu nome, para que nem o seu passado o encontrasse. Aquele velho de aparência frágil, e com seu jeito ímpar, tinha sido o homem mais corajoso que Anthony conhecera e, em tão pouco tempo, seu novo herói.

A vida é tão frágil e não se leva nada dela no final. Mas algumas coisas são deixadas. Algumas poucas pessoas conseguem plantar os seus ideais em outras. Desse jeito o corpo se vai, mas seus pensamentos ficam e podem ser repassados adiante até se tornarem eternos, talvez.

Nenhuma história tinha tocado tanto o coração de Anthony quanto a do Senhor Louco. O velho lhe ensinara que os sonhos não tinham um valor estimado; o sonho fazia parte do ser, afinal. Era esse ideal que Tony faria questão de passar adiante.

Não existe preço para os nossos sonhos. Todos somos feitos de carne e ossos. O que nos difere são nossos sonhos, nossos ideais, o que esperamos fazer em vida. Obrigado, Senhor Louco. Vou sempre ter parte da sua loucura comigo.

Por um segundo, mesmo em meio a dor, Anthony sorriu; o velho sempre seria uma boa lembrança. O garoto teria continuado a pensar no amigo e em tudo o que tinham aprendido juntos, se não fosse despertado pela voz de Vivian gritando ao seu lado, puxando-o para a realidade.

– Senhor, ajude-nos! – Vivian segurou um desconhecido pelo braço. – Estamos sendo perseguidos. Alguns homens estão atrás de nós para nos matar!

– O senhor tem que nos ajudar... – implorou Edgard.

O desconhecido passou os olhos pelas três crianças, estranhando suas roupas imundas e notando o sangue no rosto de Anthony. Em vez de se sensibilizar com a imagem das crianças que lhe pediam socorro, ele se assustou e puxou o braço de volta.

– Me soltem, seus trombadinhas – ordenou o homem. – Não tenho dinheiro nenhum – falou, como se isso tivesse algo a ver com o pedido das crianças. Sem dizer mais nada, o homem se afastou.

– Mas... – Vivian parecia desolada – ...que droga! – gritou.

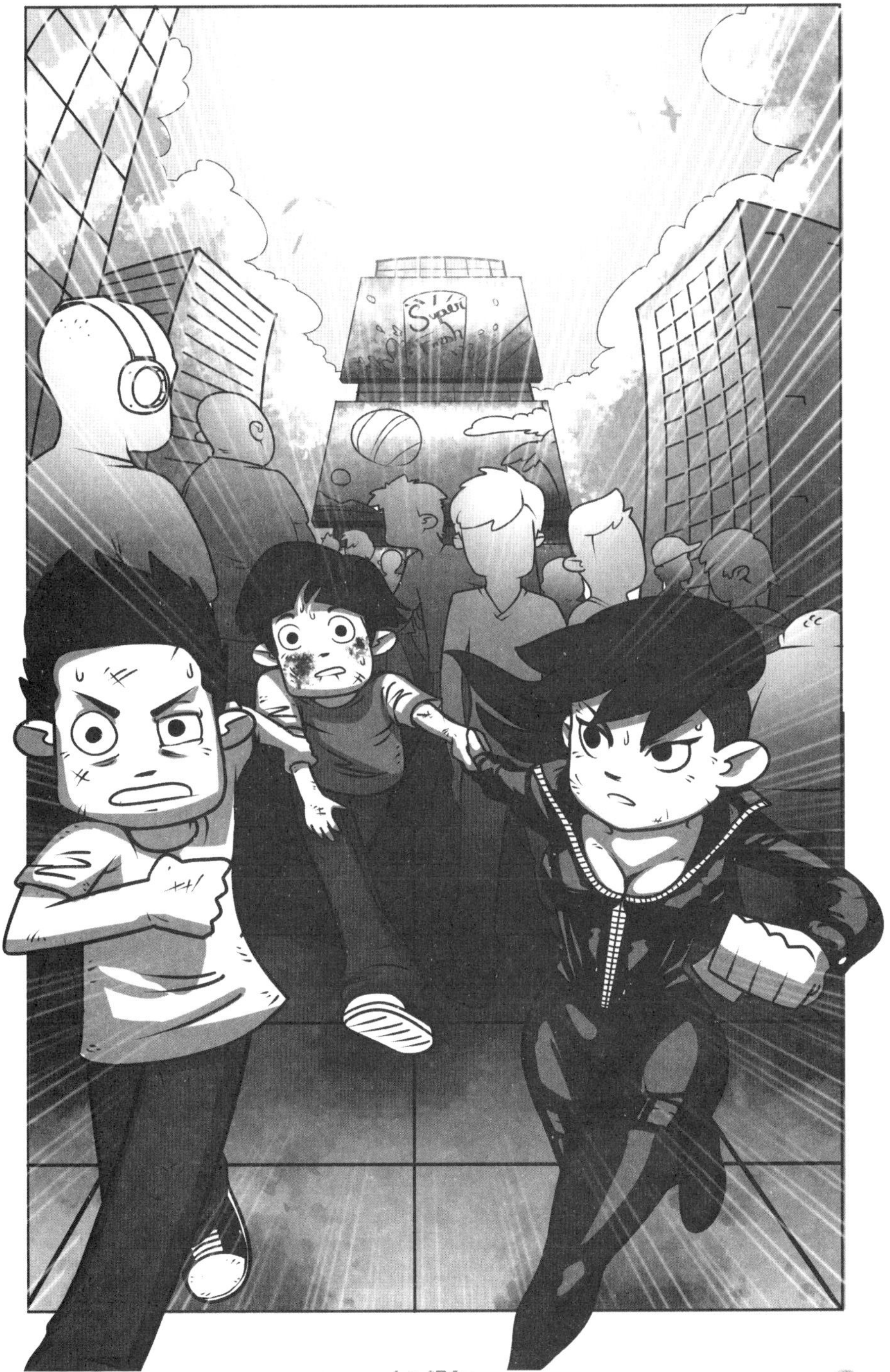

– Precisamos dar um jeito de chamar a atenção de todos – refletiu Edgard. – Precisamos que olhem para nós.

Anthony pensou nas palavras do amigo por alguns instantes e acabou se lembrando da sessão de autógrafos de Timothy. *As câmeras sempre acompanham o astro teen.*

– Precisamos espalhar a notícia de que Timothy está na cidade – decidiu Anthony. – Todos vão começar a gravá-lo, e logo sua imagem estará em todos os telões da rua.

Vivian e Edgard se entreolharam, refletindo sobre o plano por alguns segundos. Depois olharam para trás, para o caminho que tinham percorrido, e viram Timothy e seus capangas correndo. Não havia tempo a perder. Se fossem parar as pessoas para pedir ajuda, correndo o risco de ser rejeitados, sem dúvida seriam capturados. Também não haveria muito que um adulto sozinho pudesse fazer contra três homens armados. Mas a história poderia ser diferente se tivessem uma multidão...

– Certo! – concordaram Vivian e Ed.

– Vamos nos separar – disse Tony. – Espalhem a notícia, finjam estar animados e deixem que o boato se espalhe.

Os três se olharam por um último segundo, mas nada mais precisou ser dito antes de se separarem.

Anthony tentou dizer para diversas pessoas que Timothy estava na cidade, mas nenhuma delas conseguiu encará-lo. Tony ainda tinha sangue no rosto, o que deixava as pessoas assustadas. Mas isso não abalou o garoto; ele continuou tentando espalhar a notícia incansavelmente, como se sua vida dependesse daquilo – até porque realmente dependia.

Apesar de Anthony não ter notado, uma mulher ouviu sua história e, mesmo com todo aquele sangue, ela o reconheceu do telejornal. A mulher começou a acompanhar Anthony de longe enquanto fazia uma ligação.

Nem todas as pessoas de Imaginetrium se assustavam com crianças desesperadas, afinal.

Ou talvez somente uma mãe compreendesse o desespero de outra.

Vinte e dois

FRAN

Aquela seria mais uma noite em claro e sem novidade alguma; pelo menos, era o que tudo indicava. Fran estava sentada no sofá e ficava encarando a porta, esperando que o filho entrasse a qualquer segundo. De repente, o telefone tocou.

Fran encarou o aparelho por alguns segundos, pensando em quem poderia estar do outro lado da linha. Se Anthony pudesse, já teria ligado para a mãe. Provavelmente era alguma amiga querendo falar a respeito do programa e ressaltando a coragem de Fran em falar da polícia em rede nacional.

Foi temendo uma ligação dessas que Fran atendeu ao telefone. *Mas e se Tony encontrou algum jeito de falar comigo?*

No fim das contas, atender aquela chamada foi a melhor coisa que poderia ter feito.

– Alô? – disse Fran.

– Olá! – exclamou a voz assustada do outro lado da linha. – Meu nome é Christina. É da casa do Anthony?

Fran congelou por alguns instantes ao ouvir o nome do filho.

– Alô? – chamou a voz novamente, estranhando o silêncio.

– Sim... – fraquejou Fran. – Você sabe algo a respeito do meu filho?

– Eu tenho certeza de que acabei de vê-lo na... – A voz hesitou. – MEU DEUS – exclamou de repente.

– O quê? – estranhou Fran. – Me diga o que está vendo, por favor! – implorou.

Por alguns segundos a ligação ficou muda; Fran estava prestes a chorar de desespero.

– Por favor...

– A senhora precisa vir até a Rua Central, em frente à fábrica Brinquedos dos Sonhos – disse Christina. – E venha rápido!

A chamada foi finalizada, e Fran não pensou duas vezes: conhecia a fábrica que Christina mencionara, então pegou as chaves de seu aeromóvel e saiu de casa às pressas. Sabia muito bem que aquela ligação podia ser uma armadilha dos sequestradores para puni-la por tê-los exposto, mas não se importou. Não hesitaria diante de qualquer chance que tivesse de salvar o filho. Não se importava em arriscar a própria vida se preciso fosse.

Vinte e três

CHRISTINA

Christina era uma mulher simples, trabalhava como enfermeira e era solteira. Mãe de um garoto que havia desaparecido há dois anos, ela se identificou com Fran logo que a viu no programa de Meria. A polícia também tinha fracassado na busca de seu filho e, para não assumirem o fracasso, os policiais afirmaram que a criança certamente tinha fugido de casa por vivenciar diversos conflitos de Christina com o ex-marido. Os conflitos de fato existiam, mas isso nunca interferiu na relação que Christina e seu ex-marido tinham com o filho. Por essa falsa acusação, a enfermeira deixou de confiar na polícia e passou a investigar por conta própria os casos de crianças desaparecidas.

Infelizmente, Christina nunca conseguiu descobrir nada sobre os sequestradores. Mas também não tinha perdido a fé em encontrar o filho e as outras crianças. Ela e Fran lutavam do mesmo lado, mesmo sem se conhecerem. Por isso, Christina se afobou ao ver Anthony na rua enquanto voltava do trabalho. Se

Tony tinha conseguido escapar, ele provavelmente devia saber onde ficava o esconderijo dos sequestradores e podia levá-la até seu filho.

O plano de Christina era simples. Ela avisaria Fran sobre a posição de Anthony e o acompanharia de longe. Resolveu não interagir com o garoto para não correr o risco de assustá-lo. Quando Fran chegasse, a enfermeira se apresentaria e pediria que Anthony revelasse o esconderijo dos bandidos.

Mas metade do seu plano deu completamente errado.

Anthony estava parado a alguns passos dela enquanto ela estava no telefone com Fran. Ele falava com todos que passavam na rua quando, de repente, o garoto foi atacado por um homem – um homem que Christina imediatamente reconheceu como Super Timothy. Seu filho era um grande fã do astro teen.

Super Timothy acertou um cruzado em cheio no rosto de Anthony, puxando o garoto pela gola da camisa para um beco que ficava à direita da fábrica Brinquedos dos Sonhos.

O desespero tomou conta de Christina e ela imediatamente começou a pedir ajuda. Sendo uma mulher jovem, bonita e bem-vestida, ninguém lhe negou auxílio.

– Por favor, senhores – pediu Christina a dois homens que passavam por ali. – O meu filho foi levado por um estranho para aquele beco... Preciso de ajuda! – ela mentiu, pois sabia que não teria o mesmo impacto dizer que uma criança qualquer havia sido sequestrada.

Os homens a acompanharam até o beco. Chegando lá, todos se surpreenderam ao se depararem com um homem aos prantos inclinado sobre o corpo de uma criança estirada no chão.

– Afastem-se! – ordenou Timothy. – Afastem-se ou eu estouro a cabeça desse garoto... – Ele ergueu a arma para mostrar que não estava brincando.

Ambos os homens recuaram, erguendo as mãos para o alto em um gesto de rendição. Poucos instantes depois, várias pessoas foram até o beco para ver o que acontecia; a maioria delas estava ali para ver Timothy, já que Edgard e Vivian tinham espalhado o boato. Todas pareceram chocadas e começaram a filmar a cena. Com a maioria dos aparelhos em rede, não demorou muito para que Timothy e Tony estivessem em todos os telões da cidade, o que atraiu ainda mais gente para o local.

Vinte e quatro

TIMOTHY E ANTHONY

– Seu garoto dos infernos! – gritou Timothy. – Você conseguiu acabar com a minha vida! – O astro socou mais uma vez o rosto de Anthony, quebrando-lhe o nariz.

Por impulso, algumas boas pessoas se adiantaram para dentro do beco na intenção de interromper aquela atrocidade, mas Timothy notou a aproximação delas e mais uma vez ergueu a arma e ameaçou quem quer que se aproximasse.

– Fiquem longe de mim! – ordenou, ainda chorando como uma criança, chegando até a parecer um inocente. – Este pivete matou o meu pai!

Todos ali se entreolharam, assustados e confusos; parecia improvável que aquela criança tivesse matado alguém.

– Isso é mentira! – gritou Christina, tomando a frente da multidão. – Vocês não viram o telejornal? Esse garoto estava desaparecido! Timothy deve ter alguma coisa a ver com o sequestro de todas as crianças! – Aos poucos, a mulher foi se exaltando, chegando a ficar da cor de um pimentão de tanta raiva.

Timothy olhou para todos com um olhar desesperado; não tinha a informação de que Anthony tinha aparecido em jornal nenhum. Aquilo complicava ainda mais as coisas. Por um segundo, Timothy teve a esperança de que ninguém ali tivesse visto o programa, mas logo todos começaram a se manifestar.

– É verdade – exclamou outra mulher. Timothy não conseguiu saber quem era no meio da multidão. – Demorei a reconhecer o garoto pelo sangue em seu rosto... Tenho certeza de que é ele o garoto da televisão. Seu nome é... – Ela fez um esforço para se lembrar – Anthony! É esse o nome dele!

– O rosto desse garoto também não me é estranho – disse outro homem desconhecido; sua voz era frágil como a de um idoso.

Mas, em alguns segundos, todos ficaram em silêncio. Timothy levantou-se e ergueu Anthony pela gola da camisa, apontando a arma para a cabeça do garoto, mantendo-o como refém.

– Não posso tolerar uma coisa dessas – disse um homem. Ele tinha quase dois metros e adentrou o beco sem pensar duas vezes. – Abaixe a arma, criança. – Ele se referia a Timothy – Abaixe a arma; ninguém precisa se machucar.

– Afaste-se! – ordenou Timothy, a mão que segurava a arma chegando a tremer.

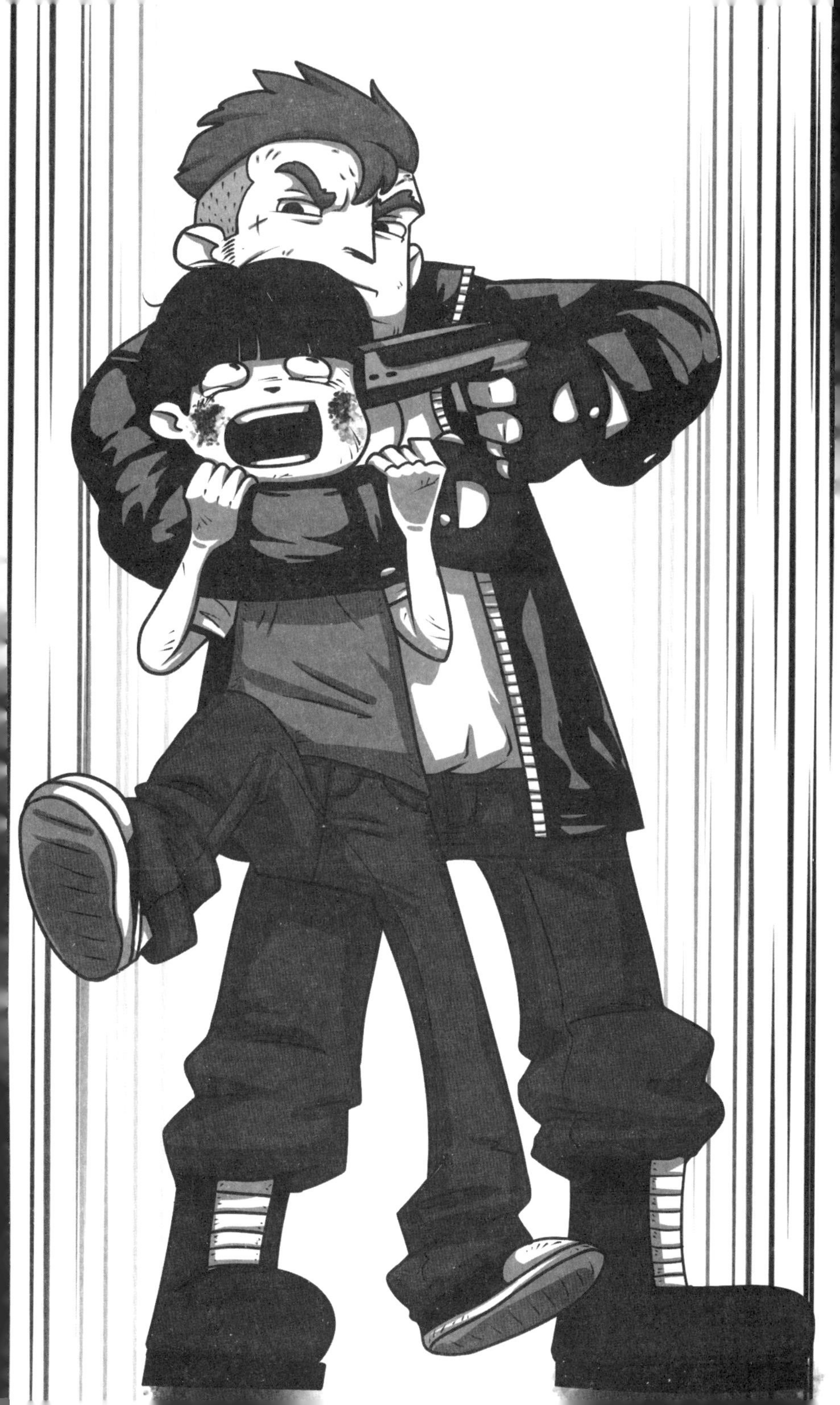

O homem ignorou o aviso e continuou se aproximando.

Timothy também não recuou. Houve um disparo. A bala atravessou o lado direito do peito do homem, por pouco não fazendo outra vítima em seguida. O corpo caiu no chão sem sinal de vida.

Todos os presentes deram um passo para trás.

Anthony ergueu os olhos por um segundo e conseguiu visualizar Timothy. Podia ver o desespero nos olhos daquele homem; apesar de ainda segurar o garoto com firmeza, seus braços tremiam e as lágrimas não deixavam de escorrer pelo seu rosto.

Timothy sabia que não conseguiria sair dali ileso, e seu descontrole emocional acabou se mostrando muito propício para as intenções de Tony.

Ele está fora de si. É o melhor momento para eu conseguir uma confissão dele.

Anthony passou a provocá-lo:

– NÃO SE APROXIMEM! – gritou para a multidão. – ESTE HOMEM MATOU O PRÓPRIO PAI! NINGUÉM SABE DO QUE ELE É CAPAZ.

Timothy encarou a multidão com vergonha, ou medo, e bateu com o cabo da arma na testa de Anthony para fazê-lo se calar.

– Isso... – fraquejou o astro – ... isso é mentira... – Sua voz saiu mais baixa que o esperado.

Ele se sente culpado. Mordeu a isca.

– Por que seu pai o deixou, Timothy? – provocou Tony mais uma vez; todos assistiam e filmavam a discussão. – Ele não apoiou seu experimento com as crianças Materializadoras como cobaias?

Timothy hesitou por um momento.

Todos notaram isso.

– Ele o deixou antes ou depois de você virar o garoto-propaganda da Máfia? Por acaso sabia que você era apenas uma armadilha para atrair crianças para os experimentos?

Naquele momento, Anthony tinha acabado de descobrir a maior fraqueza de Timothy. Por mais que o astro teen tivesse qualquer bem material que quisesse, ele carecia do maior bem que o mundo pode oferecer aos seres vivos. Timothy carecia de amor. Todos que estavam ao redor dele sempre sorriam por obrigação. Ninguém ficava por perto por gostar dele. Por isso ele estava tão sensível naquela noite, tinha acabado de perder a única pessoa que o amara incondicionalmente. Tinha perdido a única pessoa que lhe entregara todos os sonhos sem esperar nada em troca. O pai e Vivian eram as únicas pessoas que Timothy amava, e ele odiava reconhecer aquilo. E por mais frio que o astro fosse, era impossível estar bem tendo perdido uma delas para sempre.

Anthony estava usando a fraqueza de Timothy de maneira admirável, em alguns momentos até se sentiu culpado por judiar tanto do psicológico do homem, mas, toda vez que se lembrava da morte do Senhor Louco, a culpa acabava por passar.

Ele me deixou quando o BCI me ofereceu o emprego... – revelou Timothy. Apesar de ainda prender Tony nos braços, não tinha mais coragem de encarar a multidão, que aumentava a cada segundo. – Meu pai sabia que o BCI iria criar a Máfia e me usar para atrair os Materializadores, afinal, eles não se encaixam nesse sistema do BCI de roubar sonhos em troca de moedas. Mas o banco não podia se livrar dos Materializadores sozinho, não podia usar o nome da própria instituição... Como eu e meu pai éramos os maiores especialistas em materialização, eles nos convidaram para nos juntarmos a eles. – Ele chorava cada vez mais. – Meu pai não aceitou. Mas eu estava cansado de viver na miséria por ele não vender seus sonhos. Então, aceitei. – Hesitou por um instante, antes de acrescentar: – E foi ao aceitar trabalhar para o BCI que perdi meu pai.

Todos ao redor ouviram as palavras com atenção. Aquilo era tudo o que Anthony precisava, não havia mais necessidade de mexer com a cabeça de Timothy. Por mais que as pessoas não fossem digerir tudo naquele momento, tinham entendido o essencial: Timothy era mau, o BCI era mau e estava ligado à Máfia.

Anthony pensou que Timothy se acalmaria com o silêncio, mas a vergonha tomou conta do homem e ele voltou a se enfurecer.

– EU TENHO O NOME DELE! – gritou Timothy. Ele empurrou Tony, fazendo com que o garoto caísse deitado de barriga virada para o chão. – EU FUI BATIZADO EM HOMENAGEM A ELE! REPRESENTEI

TODOS OS SONHOS DO MEU PAI, MAS POR QUE... POR QUE ELE MORREU PRA SALVAR VOCÊ?

Naquele momento, Anthony sentiu que as coisas tinham saído do controle; seu corpo estremeceu ao lembrar-se da morte do Senhor Louco e ele passou a temer pelo pior...

– Timothy... – chamou Anthony, assustado.

– EU CANSEI! – gritou o homem. – CANSEI DISSO TUDO!

Vinte e cinco

EDGARD

Edgard e Vivian tinham se separado e conseguido espalhar o boato como haviam planejado. Odiavam reconhecer, mas tudo tinha corrido bem mais fácil sem Anthony; o rosto ensanguentado do garoto deixava todos assustados. Sozinhos, Edgard e Vivian tinham conseguido fazer muito bem seus papéis.

Mais difícil do que espalhar o boato da presença de Timothy foi, sem dúvida, se livrar dos capangas do homem. Tiveram que correr por cerca de vinte minutos sem parar, mas, por fim, conseguiram se livrar deles. Foi depois de despistarem os perseguidores que os dois acabaram se encontrando, quando ambos já estavam à procura de Anthony.

A busca pelo amigo mostrava-se uma tarefa bem mais árdua do que esperavam, mas de repente a resposta apareceu no céu, ou quase isso. Anthony começou a surgir em todos os telões; a imagem era desesperadora, com Timothy apontando uma arma para a cabeça do garoto e batendo nele sem pena alguma. Edgard se sentiu um inútil e ficou furioso consigo mesmo.

Por sorte, Vivian ainda conhecia muito bem a cidade e reconheceu o local em que Anthony e Timothy estavam. Sem a ajuda dela, Edgard nunca teria chegado até o beco onde estava o amigo.

Quando se aproximavam do local, Edgard teve finalmente uma surpresa agradável: viu Fran estacionar um aeromóvel bem em frente ao beco e correr para o meio da multidão. Ed tentou chamá-la, mas ela pareceu não ouvir, ou, quem sabe, fingiu não ouvir. Logo ele se apressou para ir atrás da mulher. Teve esperança de encontrar a mãe ali, mas a Sra. Palmas não tinha sido informada de nada do que estava acontecendo, ao contrário de Fran que havia recebido uma ligação de Christina.

– Aquela é a mãe do Tony! – apontou Ed. Fran estava de costas, correndo, mas Vivian conseguiu ver a quem o amigo se referia. – Vamos!

E ambos dispararam em direção ao beco.

Chegaram bem a tempo de ver o corpo de Tony jogado no chão.

Vinte e seis

TIMOTHY

As mãos de Timothy tremiam enquanto segurava a arma apontada para as costas do garoto. Seus olhos estavam vermelhos de tanto chorar. Seu psicológico ainda estava abalado e, mais uma vez, encontrava-se cego pelo ódio. É comum que os vilões busquem uma justificativa para seus atos de maldade, e com Timothy não era diferente. Talvez um dia ele tivesse sido bom, mas já não era mais, e isso era um fato.

O silêncio tinha tomado conta do beco. Todos assistiam àquela barbaridade com o coração na mão, mas sabiam que também não podiam intervir. Timothy estava armado e poderia acabar com a vida de qualquer um que se aproximasse. Era triste ter que reconhecer, porém, o heroísmo e a idiotice não são sempre a mesma coisa.

Mas todo o silêncio foi quebrado de repente. Quebrado pelo grito de uma mulher.

– POR FAVOR! – gritou uma mulher, colocando-se à frente de todos os outros. Timothy pôde vê-la e sentiu que a conhecia de algum lugar. – Por favor, não mate o meu filho... – A voz dela baixou, seus olhos se encontrando com os do vilão. – Ele costumava amar você, Timothy... Isso não precisa acabar mal.

Tomado por um golpe de insanidade, Timothy acabou rindo em meio às lágrimas.

– Não precisa acabar mal? – zombou ele. – Acha que eu não sei como isso aqui vai acabar? – perguntou. – Eu sei que vou morrer. A questão é: quem vou levar comigo?

Timothy hesitou por um instante, como se tomasse ar, e então prosseguiu:

– Eu vi o meu pai morrer... – refletiu. – Vi meu pai morrer para salvar o seu filho. Parece-me justo que o seu filho veja você morrer tentando salvá-lo...

Fran não hesitou; imediatamente se ajoelhou e pôs as mãos na cabeça, em um gesto de rendição.

– Mamãe, não! – pediu Anthony. As lágrimas voltaram a escorrer pelo seu rosto. Não queria ver a mãe morrer. Não seria justo. Aos poucos foi tentando se levantar, mas estava bem machucado, e todo seu esforço foi em vão.

– Tudo bem – disse Fran, de joelhos. – Eu acho justo.

Timothy sorriu.

– Mas aí não teria graça.

E disparou.

A bala acertou bem na altura do peito de Anthony. O tiro pegou tão em cheio que o garoto não teve tempo para gritar de dor. Seus olhos se fecharam tão logo a bala perfurou o seu corpo.

Edgard e Vivian chegaram bem a tempo de ver o corpo de Tony jogado no chão.

Uma parte da multidão se enfureceu com Timothy e avançou para cima dele, mas todos foram atingidos por tiros certeiros, fazendo com que os demais recuassem. Fran continuou ajoelhada no chão, olhando incrédula para o corpo do filho; tantos sonhos e tanta pureza tinham morrido ali, só ela sabia. Ela não pensou em ir para cima de Timothy, não pensou em se matar; sabia que nada traria o seu filho de volta. Só queria ter seu luto em paz. Edgard se juntou a ela e a abraçou. Aquele gesto foi um pouco reconfortante.

Mas nada estava acabado ainda. Timothy ainda encontrava-se de pé, atirando em quem se aproximasse dele.

– Timothy! – chamou Vivian. Ao ouvir a voz da amada, Timothy se virou involuntariamente para olhá-la. Ela continuou: – Eu odeio este lugar...

Os olhos do homem se iluminaram. Edgard ergueu os olhos e observou aquele diálogo, sem compreender o que Vivian fazia.

– Eu também odeio, meu amor! – respondeu ele. Fazia tanto tempo que não conversavam, que ele desconfiou um pouco daquele diálogo ao ver Vivian andando em sua direção.

– Calma, Tim – pediu Vivian. – Sou eu. – Ela ergueu as palmas das mãos para mostrar que estava desarmada.

Timothy assentiu. Ainda chorava feito uma criança desesperada, mas permitiu que Vivian se aproximasse. *Pelo menos eu ainda tenho você...*

Vivian sorriu para Timothy quando estavam frente a frente. Ele retribuiu o sorriso mesmo sem querer, e ela o abraçou. Aquele momento poderia durar uma eternidade para Timothy. Não queria sair daquele abraço por nada.

Por outro lado, Vivian só queria estar ali por tempo suficiente. A mão que estava nas costas de Timothy materializou um facão, e Vivian não hesitou em cravá-lo nas costas do ex-namorado. O corpo dele fraquejou por um instante, prestes a cair, mas Vivian o segurou.

– Nunca vou perdoar você pelo que fez aqui... – sussurrou ela, e, em seus últimos minutos de consciência, Timothy fitou Vivian assustado. Ela sorriu e depois deixou que o corpo do ex caísse no chão.

Vivian se virou e foi saindo do beco. Timothy ainda agonizou por alguns instantes antes de ceder à morte. Todos ali a fitaram com olhares curiosos; sua atuação tinha realmente convencido a todos. Mesmo Edgard, em seu luto pelo amigo, não pôde deixar de admirar a coragem dela.

– Não demorem para prendê-lo – ordenou. – Eu o matei com um facão materializado. Em poucos segundos, talvez, ele volte a viver.

Homens e mulheres assentiram, mesmo sem entender como alguém poderia voltar à vida. Tiraram a arma de Timothy e prenderam seu corpo contra a parede, esperando que ele despertasse.

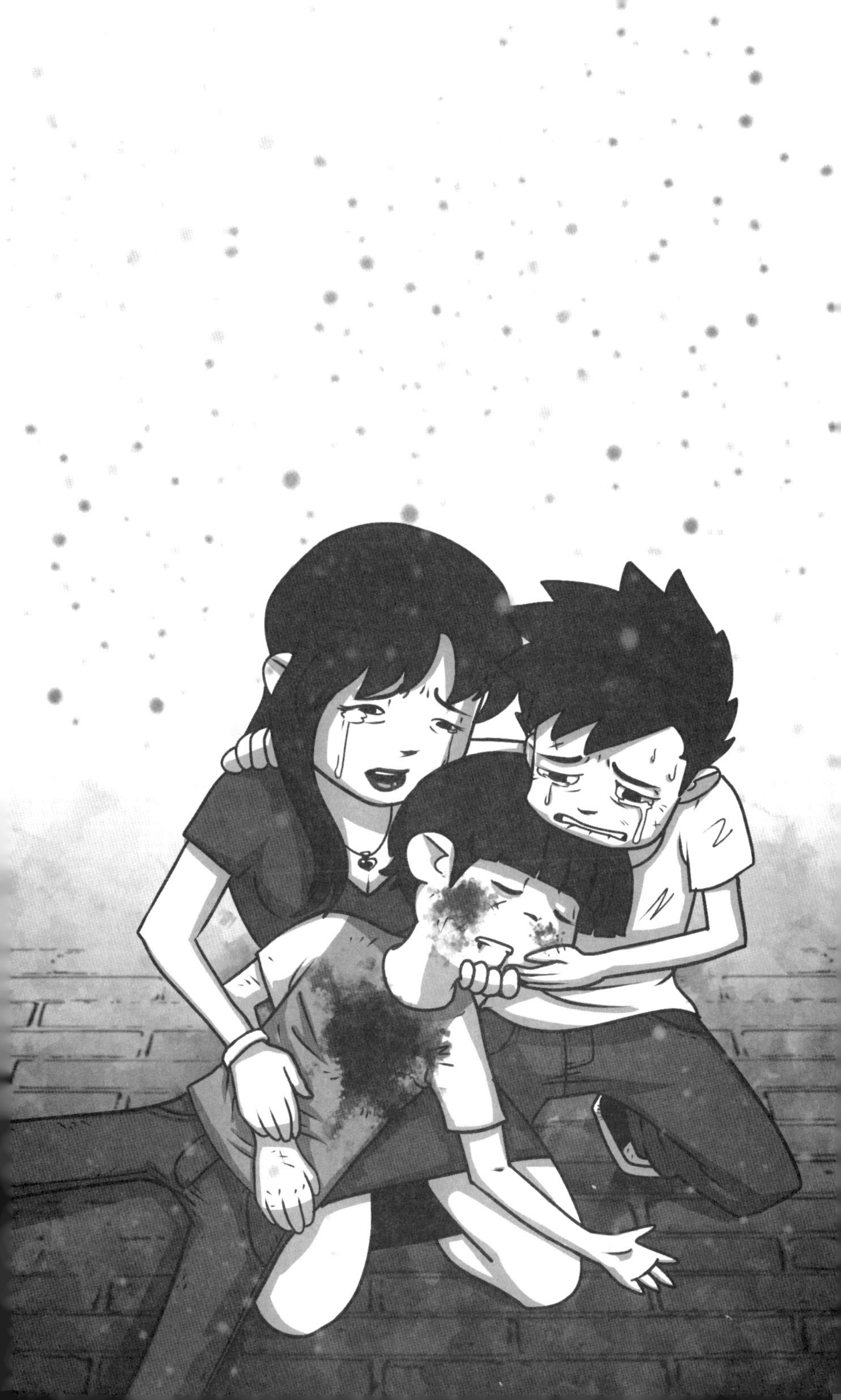

Mas nada aconteceu.

Depois de ter matado o próprio pai e ser assassinado pela mulher que amava, Timothy perdera a vontade de viver. Talvez, no final de tudo, tenha compreendido que a morte era uma sentença leve para os seus atos e que viver poderia ser muito pior.

Minutos depois, todos se convenceram de que Timothy não reagiria e, então, se juntaram ao redor do corpo de Anthony. A imagem daquele garoto morto mexeu com o coração de todos; sua história seria contada por gerações, até se tornar uma verdadeira lenda. Anthony mudou Imaginetrium naquela noite, fazendo com que todos voltassem a sonhar. Expôs um sistema podre ao mundo. Tinha feito muito para um garoto que não tinha nem treze anos. E tudo o que tinha feito fora apenas por poder sonhar. Toda grande realização começa como um sonho.

Anthony voltou a dar sentido ao Mundo dos Sonhos.

E sempre seria lembrado por isso.

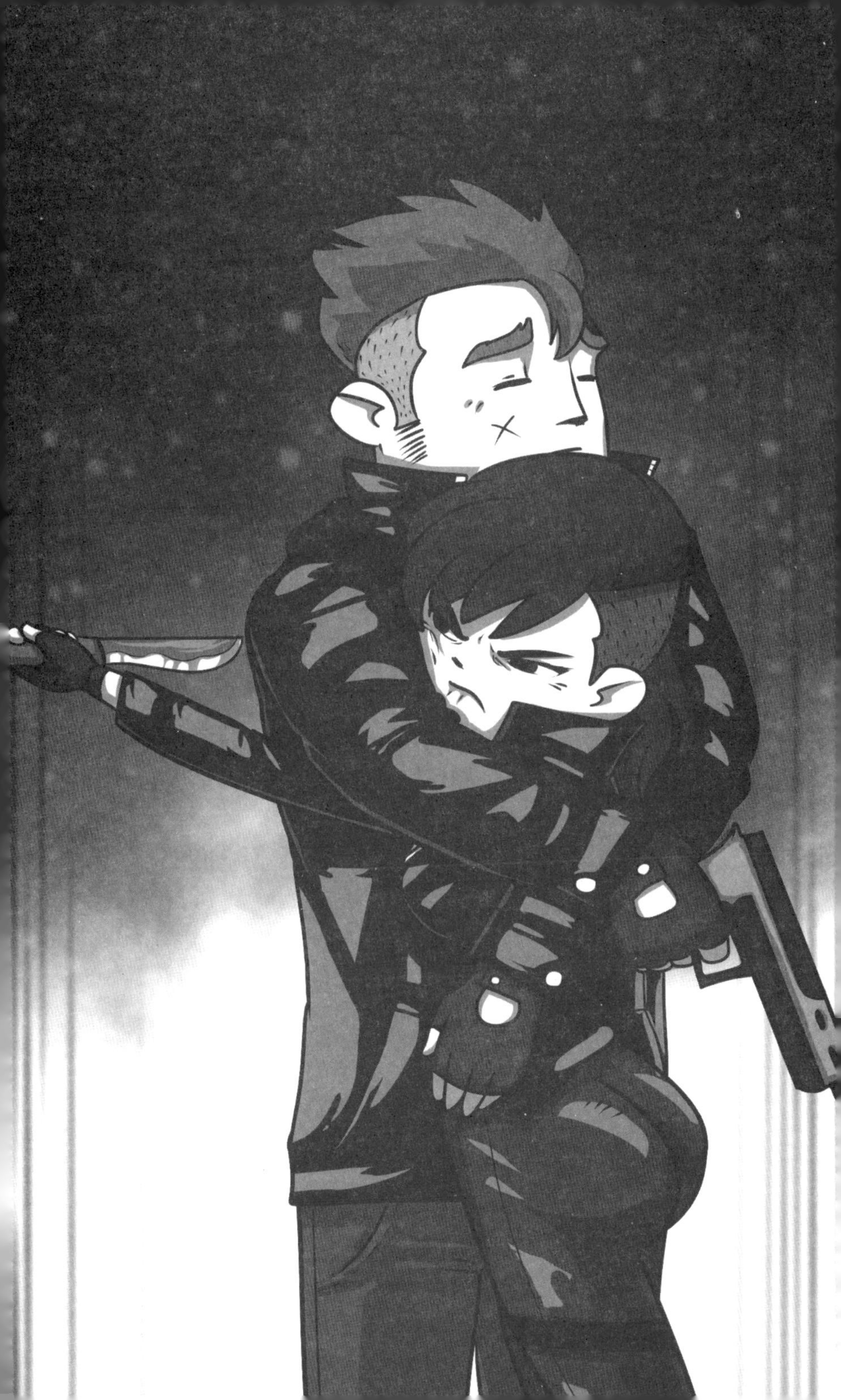

EPÍLOGO

Não demorou muito para que a notícia da morte de Anthony se espalhasse por todo o Mundo dos Sonhos. A morte de uma criança sempre tinha grande repercussão, e a de Tony, em especial, revelava muito. Todos os telejornais de Imaginetrium reprisaram diversas vezes as declarações de Timothy no beco. O sentimento de revolta tomou conta de todo o povo. E não havia nada mais poderoso do que a união. Para os comandantes corruptos, que lesavam a população, também não havia nada mais perigoso.

A própria população comandou as investigações contra a Máfia e o BCI. Sabiam que não podiam confiar na polícia. Todo aquele sistema, que outrora parecia exemplar, foi se revelando cada vez mais podre. Timothy era apenas um peão em todo o esquema. Foi necessário um bom tempo para que todos os envolvidos fossem presos.

Edgard e Vivian foram os responsáveis por denunciar o local do laboratório de Timothy. Infelizmente, a maioria das crianças ali aprisionadas já tinha sido vítima de morte cerebral – o filho de Christina estava entre elas. Aquele laboratório era uma parte de Imaginetrium que todos queriam apagar. Era uma vergonha para a história do Mundo dos Sonhos. Depois de retirarem todos os corpos do lugar, todo o galpão foi incendiado, nem mesmo os estudos de Timothy foram poupados. Nenhum resultado proveniente de tortura poderia ser aproveitado. Não queriam nenhuma lembrança daquilo.

Foram necessários dois anos inteiros para que um novo sistema começasse a se estruturar. O povo sabia que precisava de um líder, pois todas as ideias necessitavam de organização.

Fran foi, então, a primeira líder da nova era de Imaginetrium, sendo escolhida quase por unanimidade, pois, além de sempre ser ativa nas investigações, também era mãe de Anthony, e a maioria considerava o garoto o primeiro revolucionário. Sendo assim, se referiam a Fran como "A Mãe da Revolução".

Fran não sabia, mas já tinha muitas das qualidades necessárias para ser uma boa líder. Era batalhadora, honesta e inteligente. A liderança acabou servindo para Fran como terapia; ela aprendeu a lidar com a lembrança do filho e, ao pensar nele, não tinha outro sentimento senão orgulho. Seu trabalho como líder foi um exemplo para todas as futuras gestões e, assim como Anthony tinha feito,

Fran deixou sua marca na história do Mundo dos Sonhos ao criar um sistema de eleição praticamente igual à democracia terráquea.

Edgard, por outro lado, não quis se envolver com a política, mas deu todo o apoio a Fran. Ele preferiu se envolver com as crianças de Imaginetrium, ensinando a elas tudo o que sabia sobre materialização e incentivando-as a sempre sonharem. A lembrança de Anthony o inspirou por toda a vida, o amor pelo amigo sempre o acompanhou. Aos poucos, Edgard foi conhecendo um novo tipo de amor; quanto mais conhecia Vivian, mais ele queria estar perto dela e, conforme os dois foram amadurecendo, esse sentimento começou a ser correspondido. Cerca de dez anos depois, Ed e Vivian se casariam e viriam a ser pais de um menino que, em homenagem ao amigo, foi chamado de Anthony.

Tony teria ficado orgulhoso ao ver o rumo que as coisas tinham tomado em Imaginetrium. Ele jamais imaginaria ser considerado um herói pela população. Muitas histórias e personagens surgiram em sua homenagem. Na maioria dessas histórias, Anthony e Timothy se enfrentavam em combates fantásticos. Tony foi considerado o Materializador mais poderoso de toda a história, e sua imagem inspirou diversas crianças a fazerem coisas incríveis, que o teriam deixado de queixo caído.

A Era dos Sonhos se iniciava em Imaginetrium.

Uma era em que os sonhos não eram mais uma simples moeda, mas o combustível para feitos incríveis.

FONTE: Crimson

#Novo Século nas redes sociais

www.gruponovoseculo.com.br